공부 잘하는 아이, 독서 잘하는 아이로 키우려면 어휘력 먼저 키워 주어야 합니다!

공부 잘하고 책 잘 읽는 똑똑한 아이들에게는 공통점이 있습니다. 바로 그 아이들이 알고 있는 단어가 많다는 것입니다. 어휘력이 좋아서 책을 잘 읽는 것은 이해가 되는데, 어휘력이 좋아야 공부도 잘한다는 것은 설명이 좀 필요할 것 같습니다. 다음 말을 읽고 곰곰이 한번 생각해 보세요.

"사람은 자신이 아는 단어의 수만큼 생각하고 표현한다."
"하나의 단어를 아는 것은 그 단어를 둘러싸고 있는 세상을 아는 것이다."

이 말에 동의한다면 왜 어휘력이 좋아야 공부를 잘하는지 알 수 있을 것입니다. 공부는 세상을 이해하고 자신을 표현하는 일련의 과정이기 때문에, 어휘력을 키우면 세상을 이해하는 능력과 사고력이 자라서 공부를 잘하는 바탕이 마련됩니다.

예를 들어 볼까요? 두 아이가 있습니다. 한 아이는 '알리다'라는 낱말만 알고, 다른 아이는 '알리다' 외에 '안내하다', '보도하다', '선포하다', '폭로하다'라는 낱말도 알고 있습니다. 첫 번째 아이는 어떤 상황이든 '알리다'라고 뭉뚱그려 생각하고 표현합니다. 하지만 두 번째 아이는 길을 알려 줄 때는 '안내하다'라는 말을, 신문이나 TV에서 알려 줄 때는 '보도하다'라는 말을, 세상에 널리 알릴 때는 '선포하다'라는 말을 씁니다. 또 남이 피해를 입을 줄 알면서 알릴 때는 '폭로하다'라고 구분해서 말하겠지요. 이렇듯 낱말을 많이 알면, 보다 정확하게 이해하고 정교하게 표현할 수 있습니다.

〈세 마리 토끼 잡는 초등 어휘〉는 아이들의 어휘력을 키워 주려고 탄생했습니다. 아이들이 낱말을 재미있고 효율적으로 배울 뿐 아니라, 낯선 낱말을 만나도 그 뜻을 유추해 내도록 이끄는 것이 〈세 마리 토끼 잡는 초등 어휘〉의 목표입니다. 공부 잘하는 아이, 독서 잘하는 아이로 키우고 싶다면, 이 글을 읽는 순간 이미 목적지에 한 발 다가선 것입니다. 〈세 마리 토끼 잡는 초등 어휘〉가 공부 잘하는 아이, 독서 잘하는 아이로 책임지고 키워 드리겠습니다.

세 마리 **토**끼 잡는 초등 **어휘** 는 어떤 책인가요?

1 한자어, 고유어, 영단어 세 마리 토끼를 잡아 어휘력을 통합적으로 키워 주는 책

〈세 마리 토끼 잡는 초등 어휘〉는 한자어와 고유어, 영단어 실력을 단단하게 만들어 주는 책입니다. 낱말 공부가 지루한 건, 낱말과 뜻을 1:1로 외우기 때문입니다. 이렇게 공부하면 낯선 낱말을 만났을 때 속뜻을 헤아리지 못해 낭패를 보지요. 〈세 마리 토끼 잡는 초등 어휘〉는 속뜻을 이해하면서 한자어를 공부하고, 이와 관련 있는 고유어와 영단어를 연결해서 공부하도록 이루어져 있습니다. 흩어져 있는 글자와 낱말들을 연결하면 보다 재미있게 공부하고 오래 기억할 수 있습니다.

2 한자가 아니라 '한자 활용 능력'을 키워 주는 책

많은 아이들이 '날 생(生)' 자는 알아도 '생명', '생계', '생산'의 뜻은 똑 부러지게 말하지 못합니다. 한자와 한자어를 따로따로 공부하기 때문이지요. 〈세 마리 토끼 잡는 초등 어휘〉는 한자를 중심으로 다양한 한자어를 공부하도록 구성하여 한자를 통해 낯설고 어려운 낱말의 속뜻도 짐작할 수 있는 '한자 활용 능력'을 키워 줍니다.

3 교과 지식과 독서·논술 실력을 키워 주는 책

〈세 마리 토끼 잡는 초등 어휘〉는 추상적인 낱말과 개념어를 잡아 주는 책입니다. 고학년이 되면 '사고방식', '민주주의' 같은 추상적인 낱말과 개념어를 자주 듣게 됩니다. 이런 어려운 낱말은 아이들의 책 읽기를 방해하고 공부에 대한 흥미를 잃게 하지요. 하지만 〈세 마리 토끼 잡는 초등 어휘〉로 공부하면 낱말과 지식을 함께 익힐 수 있어서, 교과 공부는 물론이고 독서와 논술을 위한 기초 체력도 기를 수 있습니다.

세 마리 토끼 잡는 초등 어휘 는 어떻게 이루어져 있나요?

1 전체 구성

〈세 마리 토끼 잡는 초등 어휘〉는 다섯 단계(총 18권)로 이루어져 있습니다.

단계	P단계	A단계	B단계	C단계	D단계
대상 학년	유아~초등 1년	초등 1~2년	초등 2~3년	초등 3~4년	초등 5~6년
권 수	3권	4권	4권	4권	3권

2 권 구성

〈세 마리 토끼 잡는 초등 어휘〉한 권은 내용에 따라 PART1, PART2, PART3으로 나누어져 있습니다.

PART1 핵심 한자로 배우는 기본 어휘(2주 분량)

10개의 핵심 한자를 중심으로 한자어와 고유어, 영단어를 익히는 곳입니다. 한자는 단계에 맞는 급수와 아이들이 자주 듣는 낱말이나 교과 연계성을 고려해 선별하였습니다. 한자와 낱말은 한눈에 들어오게 어휘망으로 구성하였고, 다양한 활동을 통해 낱말의 뜻을 익힐 수 있게 꾸렸습니다. 또한 교과 관련 낱말을 별도로 구성해서 교과 지식도 함께 쌓을 수 있습니다.

단계별 구성(P단계에서 D단계로 갈수록 핵심 한자와 낱말의 난이도가 높아지고, 낱말 수도 많아집니다.)

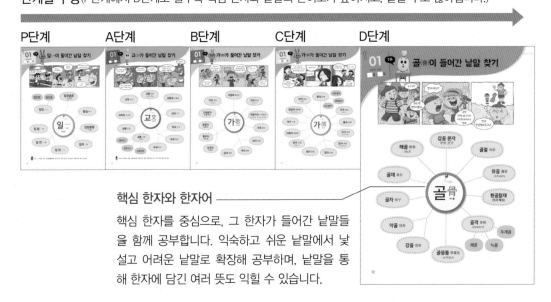

핵심 한자와 한자어 ─────

핵심 한자를 중심으로, 그 한자가 들어간 낱말들을 함께 공부합니다. 익숙하고 쉬운 낱말에서 낯설고 어려운 낱말로 확장해 공부하며, 낱말을 통해 한자에 담긴 여러 뜻도 익힐 수 있습니다.

PART 2 뜻을 비교하며 배우는 관계 어휘 (1주 분량)

관계가 있는 여러 낱말들을 연결해서 공부하는 곳입니다. '輕(가벼울 경)', '重(무거울 중)' 같은 상대되는 한자나, '동물', '종교' 등 하나의 주제를 중심으로 관련 있는 낱말들을 모아서 익힐 수 있습니다.

상대어로 배우는 한자어

상대되는 한자를 중심으로 상대어들을 함께 묶어 공부합니다. 상대어를 통해 어휘 감각과 논리력을 키울 수 있습니다.

주제로 배우는 한자어

음식, 교통, 방송, 학교 등 하나의 주제와 관련 있는 낱말을 모아서 공부합니다.

PART 3 소리를 비교하며 배우는 확장 어휘 (1주 분량)

소리가 같거나 비슷해서 헷갈리는 낱말이나, 낱말 앞뒤에 붙는 접두사·접미사를 익히는 곳입니다. 비슷한말을 비교하면서 우리말을 좀 더 바르게 쓸 수 있습니다.

헷갈리는 말 살피기

'가르치다/가리키다', '~던지/~든지'처럼 헷갈리는 말이나 흉내 내는 말을 모아 뜻과 쓰임을 비교합니다.

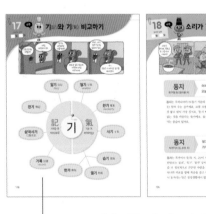

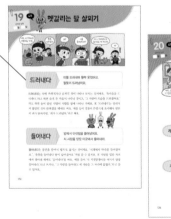

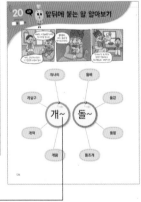

소리가 같은 말 비교하기

소리가 같은 한자를 중심으로, 소리는 같지만 뜻이 다른 동음이의어를 공부합니다.

접두사·접미사

'~장이/~쟁이'처럼 낱말 앞뒤에 붙어 새로운 뜻을 더하는 접두사·접미사를 배웁니다.

세 마리 **토**끼 잡는 초등 **어휘** 1일 학습은 **어떻게** 짜여 있나요?

어휘망

어휘망은 핵심 한자나 글자, 주제를 중심으로 쓰임이 많은 낱말을 모아 놓은 마인드맵입니다. 한자의 훈음과 관련 낱말들을 익히면, 한자를 이용해 낱말들의 속뜻을 짐작할 수 있습니다.

먼저 확인해 보기

미로 찾기, 십자말풀이, 색칠하기 등 다양한 활동을 하며 낱말의 뜻을 정확히 알고 있는지 확인할 수 있습니다.

익숙한 말 살피기

낱말을 아이들 눈높이에 맞춰 한자로 풀어 설명합니다. 한자와 뜻을 연결해 공부하면서 한자를 이용한 속뜻 짐작 능력을 키울 수 있습니다.

교과서 말 살피기

교과 내용을 낱말 중심으로 되짚어 봅니다. 확장된 지식과 낱말 상식 등을 함께 공부할 수 있습니다.

특별 구성

★ '주제로 배우는 한자어'는 동물, 학교, 수 등 주제를 중심으로 관련 어휘를 확장해서 공부합니다.

속뜻 짐작 능력 테스트

앞에서 배운 내용을 잘 이해했는지 확인하고, 핵심 한자를
활용해 낯설거나 어려운 낱말의 뜻을 스스로 짐작해 봅니다.

어휘망 넓히기

관련 있는 영단어와 새말 등을
확장해서 공부할 수 있습니다.
QR 코드를 찍으면 영어 발음을
듣고 배울 수 있습니다.

재미있는 우리말 유래/이야기

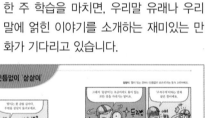

재미있는 우리말 유래/이야기

한 주 학습을 마치면, 우리말 유래나 우리
말에 얽힌 이야기를 소개하는 재미있는 만
화가 기다리고 있습니다.

★ '헷갈리는 말 살피기'는 소리가 비슷한 낱말들을 비교할 수 있게 구성하였습니다.

세 마리 토끼 잡는 초등 어휘 이렇게 공부해요

1 매일매일 꾸준히 공부해요

〈세 마리 토끼 잡는 초등 어휘〉는 매일 6쪽씩 꾸준히 공부하는 책이에요. 재미있는 활동과 만화가 있어서 지루하지 않게 공부할 수 있지요. 공부가 끝나면 '○주 ○일 학습 끝!' 붙임 딱지를 붙이고, QR 코드를 이용해 영어 발음도 들어 보세요.

2 또 다른 낱말도 찾아보아요

하루 공부를 마치고 나면, 인터넷 사전에서 그날의 한자가 들어간 다른 낱말들을 찾아보세요. 아마 '어머, 이 한자가 이 낱말에 들어가?', '이 낱말이 이런 뜻이었구나.'라고 깨달으며 새로운 즐거움에 빠질 거예요. 새로 알게 된 낱말들로 나만의 어휘망을 만들면 더욱 도움이 될 거예요.

3 보고 또 봐요

〈세 마리 토끼 잡는 초등 어휘〉는 PART1에 나온 한자가 PART2나 PART3에도 등장해요. 보고 또 보아야 기억이 나고, 비교하고 또 비교해야 정확히 알 수 있기 때문이지요. 책을 다 본 뒤에도 심심할 때 꺼내 보며 낱말들을 내 것으로 만들어 보세요.

한 주 학습표	월	화	수	목	금	토
	매일 6쪽씩 학습하고, '○주 ○일 학습 끝!' 붙임 딱지 붙이기					주요 내용 복습하기

세마리 토끼잡는 초등 어휘

C단계 1권

주	일차	단계		공부할 내용	교과 연계 내용
1주	1	PART1 (기본 어휘)		가(價)	[사회 4-2] 경제생활 속 현명한 선택하기
	2			사(史)	[국어 5-1] 문학에서 즐거움 찾기 [사회 5-2] 우리 역사의 시작과 발전 알아보기
	3			선(選)	[사회 4-1] 민주주의를 실현하는 주민 자치 알아보기
	4			화(化)	[과학 5-2] 우리 몸의 구조와 기능 알기
	5			타(打)	[과학 3-2] 소리의 성질 이해하기 [음악 4] 다양한 악기를 리듬과 가락에 맞추어 연주하기
2주	6			쟁(爭)	[사회 6-1] 조선의 전란 살펴보기
	7			치(治)	[사회 6-2] 우리나라의 민주 정치 살펴보기
	8			시(視)	[과학 6-1] 렌즈를 이용해 물체 보기
	9			의(義)	[사회 6-1] 근대 국가 수립과 민족 운동 살펴보기
	10			판(判)	[사회 6-2] 우리나라의 민주 정치 살펴보기
3주	11	PART2 (관계 어휘)	상대어	동이(同異)	[국어 5-1] 상황에 맞는 낱말 사용하기
	12			상벌(賞罰)	[사회 5-2] 유교 문화가 발달한 조선 알아보기
	13			명암(明暗)	[미술 3] 색과 빛으로 세상 보기
	14		주제어	민주주의(民主主義)	[사회 6-2] 우리나라의 민주 정치 살펴보기
	15			법(法)	[사회 5-2] 우리 역사의 시작와 발전 알아보기
4주	16	PART3 (확장 어휘)	동음이의 한자	시(示/市/時)	[사회 3-1] 우리가 살아가는 곳 살펴보기
	17			선(選/善/線)	[수학 4-2] 수직과 평행 알기
	18		소리가 같은 말	동사(凍死)/동사(動詞) 조선(造船)/조선(朝鮮) 전시(展示)/전시(戰時) 경기(景氣)/경기(競技)	[국어 4-2] 소리가 같지만 뜻이 다른 낱말 알아보기 [국어 5-1] 상황에 맞는 낱말 사용하기 [사회 6-1] 조선 사회의 새로운 움직임 알아보기
	19		헷갈리는 말	가게/가계(家計) 게시(揭示)/계시(啓示) 복구(復舊)/복귀(復歸)	[국어 2-1] 소리가 비슷해서 헷갈릴 수 있는 말 알기 [국어 5-1] 발음이 같거나 비슷한 낱말 구별하기 [국어 5-2] 발음과 표기가 혼동되는 낱말 바르게 사용하기
	20		접두사/ 접미사	~가(家)/~수(手)	[국어 3-2] 낱말의 짜임 알아보기 [영어 4] 직업을 나타내는 문장 알기

contents

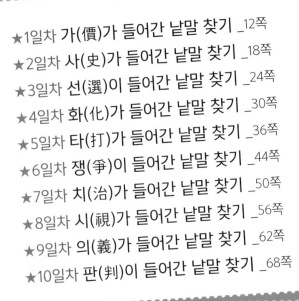

자, 준비됐니?
토야와 같이
출발~!

PART 1

PART1에서는 핵심 한자를 중심으로
우리말과 영어 단어, 교과 관련 낱말 들을 공부해요.

가(價)가 들어간 낱말 찾기

공부한 날짜
□ 월 □ 일

1 아래 설명과 힌트를 보고 가로세로 퍼즐을 완성해 보세요.

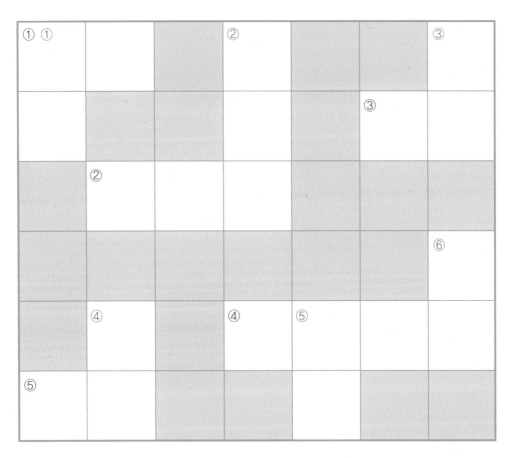

가로 열쇠

① 사고파는 물건의 값을 말해요.
　힌트 과일 가게마다 수박 □□이 왜 달라요?

② 음식물에 들어 있는 영양의 값어치예요.
　힌트 □□□ 있는 음식을 먹어야 건강하지.

③ 생활에 필요한 물건을 만드는 석유의 가격,
　즉 기름값을 이렇게 불러요.
　힌트 국제 □□가 8주 연속으로 올랐습니다.

④ 실제보다 높게 평가하는 것을 말해요.
　힌트 내가 너를 □□□□한 게 아니었구나.

⑤ 상품에 일정하게 정해 놓은 값이에요.
　힌트 이 물건에 정해진 판매 □□는 얼마죠?

세로 열쇠

① 어떤 물건이 가지고 있는 값이나 쓸모예요.
　힌트 그건 기다려서 살 만한 □□가 있어.

② 물건을 한꺼번에 많이 파는 가격이에요.
　힌트 소매가보다 □□□가 더 싸지.

③ 비싸고 높은 가격을 말해요.
　힌트 □□의 물건이 무조건 좋은 건 아니야.

④ 시장에서 팔리는 물건들의 값이에요.
　힌트 □□가 너무 올라서 장보기가 겁나.

⑤ 어떤 일을 하고 그것 대신 받는 값이에요.
　힌트 심부름을 한 □□로 용돈을 받았어.

⑥ 상품 만드는 데 들어간 돈을 합한 것이에요.
　힌트 이 물건의 □□ 이하로는 못 팔아요.

13

가치
價(값 가) 値(값 치)

어떤 물건이나 일이 가지고 있는 쓸모 또는 값어치를 **가치**라고 해요. '가치가 있다.'고 하면 어느 정도는 중요하다는 뜻이고, '가치가 없다.'고 하면 쓸모없다는 뜻이에요.

평가
評(평론할 평) 價(값 가)

평가는 물건값을 매기거나 수준을 평하는 거예요. 학습한 내용을 평가하는 것을 '수행 평가'라 하고, 원래보다 지나치게 작게(작을 소, 小) 평가하면 '과소평가', 지나치게 크게(큰 대, 大) 평가하면 '과대평가'예요.

가격
價(값 가) 格(격식 격)

가격은 어떤 물건이 가지고 있는 가치를 돈으로 나타낸 거예요. 사람들은 물건의 정해진 가격만큼 돈을 주고받으며 필요한 물건을 사고팔아요.

물가
物(물건 물) 價(값 가)

채솟값이 계절에 따라 오르내리는 것을 본 적 있지요? 채소처럼 가격이 바뀌는 것도 있지만 잘 바뀌지 않는 물건도 있어요. 이렇게 다양한 가격으로 시장에서 팔리는 물건(물건 물, 物)의 값(값 가, 價)을 **물가**라고 해요.

고가
高(높을 고) 價(값 가)

값비싼 보석을 흔히 '고가의 보석'이라고 해요. **고가**는 비싸고 높은(높을 고, 高) 가격(값 가, 價)을 뜻해요. 하지만 비싸다고 무조건 좋은 건 아니랍니다.

원가 / 정가
原(언덕/근본 원) 價(값 가) 定(정할 정)

어떤 물건을 만들어 팔기 위해 공장과 재료 구입, 일하는 사람, 광고 등에 들어가는 돈을 **원가**, 만들어진 상품에 정해(정할 정, 定) 놓은 값은 **정가**라고 해요. '단가'는 물건의 각 단위(홀 단, 單), 즉 낱개의 가격이에요.

유가
油(기름 유) 價(값 가)

내가 너희들 엄마란다~

유가는 석유(기름 유, 油)의 가격이에요. 석유는 자동차 연료뿐 아니라 생활에 필요한 물건을 만드는 재료이기 때문에 물가 등 생활에 큰 영향을 주어요.

도매가
都(도읍 도) 賣(팔 매) 價(값 가)

도매 시장은 한꺼번에 여러 개의 물건을 묶어서 팔아요. 도매 시장에서 사고 팔 때의 가격을 **도매가**라고 하고, 물건을 낱개로 조금씩(작을 소, 小) 파는(팔 매, 買) 가격(값 가, 價)은 '소매가'라고 해요.

대가
代(대신할 대) 價(값 가)

심부름을 한 대가로 용돈을 받아 본 적 있나요? **대가**란 어떤 일을 하고 그것에 대신해서(대신할 대, 代) 받는 값으로, [대 : 까]로 읽어요.

영양가
營(경영할 영) 養(기를 양) 價(값 가)

생물이 생명을 유지하기 위해서 필요한 '영양'에 '값 가(價)' 자가 붙은 **영양가**는 음식물에 들어 있는 영양의 값어치를 말해요. 음식뿐 아니라 어떤 일에 대한 보람이나 이익이 되는 것을 비유적으로 표현할 때 쓰이기도 해요.

가격이 정해지는 과정

상품마다 가격이 다른 이유는 그 상품이 가지고 있는 가치가 조금씩 달라서예요. 그렇다면 상품의 가격은 누가 정하는 걸까요? 가격은 물건을 파는 사람이 마음대로 정하는 것이 아니라, 물건을 만드는 데 쓰인 돈의 크기에 따라 결정돼요. 가령 빵을 만든다면 밀가루, 설탕, 크림 등 빵에 들어가는 재료를 살 때 드는 돈과 기계를 돌리는 데 드는 돈, 빵을 만드는 사람에게 주는 돈 등이 더해져 가격에 영향을 미치게 되지요. 하지만 무엇보다 가격을 결정하는 주된 요인은 물건을 구하는 수요(구할 수 需, 구할 요 要)와 물건을 주는 공급(이바지할 공 供, 줄 급 給)에 따라 형성된답니다.

〈가격은 어떻게 정해질까?〉

나는 맛있는 떡꼬치! 내 가격은 어떻게 정해질까?

너무 비싸다. 다른 데 가자.

그래, 좀 더 싸야 많이 먹지.

900

흥! 난 더 비싸게 팔고 싶은걸?

떡꼬치 값을 500원으로 내려 주세요!

1개 700원

무슨 소리! 900원으로 더 올려야 해!

물건을 사려는 사람(수요)은 더 싸게 사고 싶고, 물건을 만드는 생산자(공급)는 더 비싸게 팔려고 해요.

이렇게 소비자와 생산자가 줄다리기를 하다 보면 알맞은 가격으로 결정이 된답니다.

'원'은 현재 우리나라에서 사용하고 있는 화폐 단위예요. 동전의 모양이 동그란 원 모양이라서 붙여진 이름이라고 해요. 원의 영어 표기는 'WON'이고 기호는 '₩'이에요.

1 ( ) 안에서 문장에 어울리는 낱말을 골라 ○ 하세요.

① 아이스크림이 잘 팔리니까 (**물가 / 가격**)을/를 올려야겠어!

② 그 장소는 문화재로 지정될 (**가치 / 평가**)가 충분히 있어요.

③ 국제 (**유가 / 도매가**)가 올라서 국내 휘발유 가격도 곧 오를 거래.

④ 행사 기간이라서 (**정가 / 대가**)보다 싸게 살 수 있었어.

2 설명글에 맞는 낱말을 찾아 선으로 이어 보세요.

한꺼번에 여러 개의 물건을 묶어서 팔 때의 가격이야.	영양가
음식물에 들어 있는 영양의 값어치를 말해.	도매가
어떤 물건을 만들어 팔기 위해 들어가는 모든 돈을 뜻해.	원가

3 속뜻 짐작 두 사람의 대화를 보고, 빈칸에 들어갈 낱말을 골라 보세요. ( )

싼 거! 좀 더 싼 걸 찾아야해!

누나 또 ▭ 검색 하는구나?

인터넷으로 가장 싼 가격을 검색하나 봐.

① 최저가　　② 중저가　　③ 최고가　　④ 단가

물건에 매겨져 있는 '가격'은 영어로 price예요.
가격과 관련해서 자주 쓰이는 영어 표현을 알아볼까요?

expensive ↔ cheap

'가격이 비싸다'고 할 때는 expensive라는 단어를 쓰고, '가격이 싸다'고 할 때는 cheap 이라는 단어를 써요. 그런데 'It's very cheap.'이라고 하면 싼 만큼 물건의 품질도 떨어 진다는 의미가 담겨 있어서, 품위 있게 말하려면 inexpensive라는 단어를 써야 해요. inexpensive price는 '저렴한 가격'을 뜻하고, 반대로 '비싼 가격'을 말할 때는 high price 라고 하면 돼요.

1주 1일
학습 끝!

붙임 딱지 붙여요.

lower the price

사람들은 가능하면 낮은 가격으로 물건을 사고 싶어 해요. 그래서 '가격을 깎다'에 관한 다 양한 표현이 있는데, 예를 들면 lower the price와 cut down the price, 또는 reduce the price 등이 있어요. get a discount는 '할인을 받다'라는 뜻이에요.

QR 찍고 발음 듣기

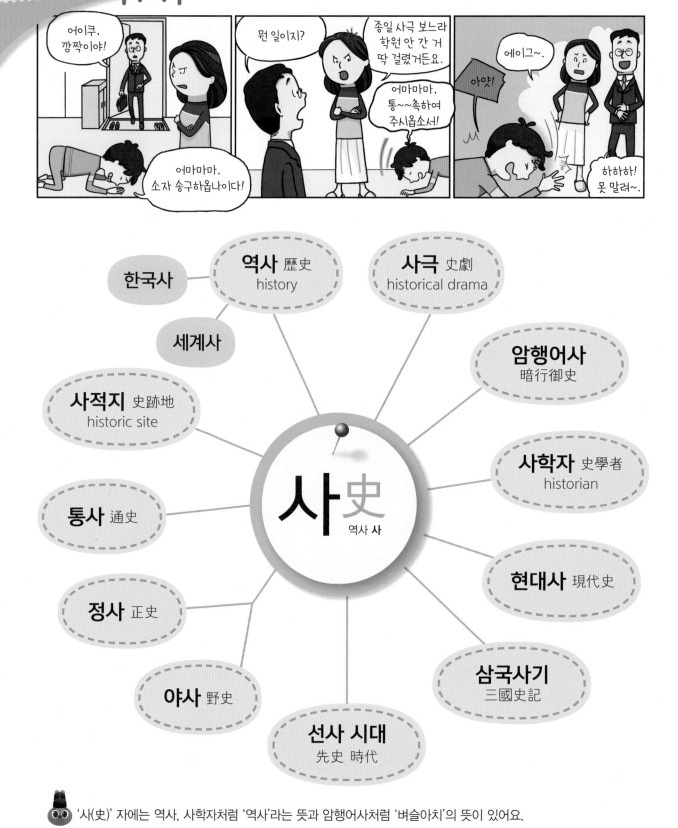
어이쿠, 깜짝이야!

어마마마, 소자 송구하옵나이다!

먼 일이지?

종일 사극 보느라 학원 안 간 거 딱 걸렸거든요.

어마마마, 통~~촉하여 주시옵소서!

에이그~.

아얏!

하하하! 못 말려~.

한국사

역사 歷史 history

사극 史劇 historical drama

세계사

암행어사 暗行御史

사적지 史跡地 historic site

사史 역사 사

사학자 史學者 historian

통사 通史

현대사 現代史

정사 正史

삼국사기 三國史記

야사 野史

선사 시대 先史 時代

'사(史)' 자에는 역사, 사학자처럼 '역사'라는 뜻과 암행어사처럼 '벼슬아치'의 뜻이 있어요.

18

1 빈칸에 들어갈 알맞은 낱말을 보기에서 찾아 써 보세요.

> 보기   역사   사극   현대사   삼국사기   세계사   정사

① 역사적 사실을 바탕으로 만든 연극을 ☐ ☐ (이)라고 해요.

② 오늘은 우리나라 8.15 광복 이후의 ☐ ☐ ☐ 에 대해 배워 봅시다.

③ ☐ ☐ ☐ ☐ 은/는 고려 시대 때 김부식이 쓴 역사책이에요.

④ 우리는 과거의 사건을 기록한 ☐ ☐ 에서 교훈을 얻어야 해요.

⑤ 세계의 역사를 ☐ ☐ ☐ (이)라고 해.

⑥ 때로는 역사를 정확하게 적은 ☐ ☐ 보다 야사가 더 중요할 수 있어요.

2 다음 그림과 설명에 어울리는 낱말을 찾아 선으로 이어 보세요.

① 박문수 — 마패를 가지고 다니면서 나쁜 벼슬아치를 혼내 줬어요.

② 사마천 — 〈사기(史記)〉라는 중국의 역사책을 지은 사람이에요.

③ 행주산성 — 임진왜란 때 권율 장군이 싸웠던 곳이에요.

• 사적지
• 암행어사
• 사학자

역사
歷(지낼 력/역) 史(역사 사)

과거에 일어난 사건이나 사실, 인물에 대해 기록한 것을 **역사**라고 해요. 한반도를 중심으로 한 한국의 역사는 '한국사', 세계 전체에 대한 역사는 '세계사'라고 해요.

사극
史(역사 사) 劇(심할 극)

사극은 역사에 실제로 있었던 사람과 사실을 바탕으로 만든 연극이나 연극 대본을 뜻해요. '심할 극(劇)' 자에는 '연극'의 의미도 있어요.

암행어사
暗(어두울 암) 行(다닐 행)
御(어거할 어) 史(역사 사)

'어사'는 임금의 명령을 받아 일을 하는 벼슬아치예요. 어두울(어두울 암, 暗) 때 다니는(다닐 행, 行) **암행어사**는 눈에 안 띄게 백성들의 억울함을 해결해 주었어요.

사학자
史(역사 사) 學(배울 학) 者(사람 자)

학문을 연구하는 학자 중에 역사를 연구하는 학자를 **사학자**라고 해요. '역사를 잊은 민족에게 미래는 없다.'라는 말을 남긴 '단재 신채호'는 우리나라의 유명한 사학자이지요.

현대사
現(나타날 현) 代(대신할 대)
史(역사 사)

현대사는 '현대의 역사'예요. 역사학에서는 시대를 다섯 부분으로 나누는데, 고조선 이후 삼국 시대와 남북국 시대까지를 고대, 고려 시대를 중세, 조선 시대를 근세, 조선의 개항 이후를 근대, 8.15 광복 이후를 현대로 구분해요.

삼국사기
三(석 삼) 國(나라 국)
史(역사 사) 記(기록할 기)

우리나라에서 가장 오래된 역사책은 삼국의 역사(역사 사, 史)를 기록(기록할 기, 記)한 **삼국사기**예요. 고려 시대에 김부식이 고구려와 백제, 신라 등 삼국의 역사에 대해 50권으로 기록한 책이에요.

선사 시대
先(먼저 선) 史(역사 사)
時(때 시) 代(대신할 대)

아주 오래전 인류에게 문자가 없었던 때가 있었어요. **선사 시대**는 문자가 만들어지기 이전, 즉 글로 기록이 남아 있지 않은 시대를 말해요.

정사 / 야사
正(바를 정) 史(역사 사) 野(들 야)

정사는 역사를 기록하는 관리들이 나라의 역사를 바르고 정확하게(바를 정, 正) 적은 역사(역사 사, 史)이고, **야사**는 '들 야(野)' 자를 써서 들판, 즉 밖에서 떠도는 이야기를 통해 그 시대의 생활상을 적은 역사예요.

통사
通(통할 통) 史(역사 사)

통사는 '통할 통(通)' 자와 '역사 사(史)' 자가 만나, '시대를 나누지 않고 전 시대와 전 지역에 걸친 역사를 모두 기록하는 것'을 뜻해요. 통사와는 반대로 '시대를 각각 나눈 역사'를 뜻하는 '시대사'도 있어요.

사적지
史(역사 사) 跡(발자취 적) 地(땅 지)

사적지는 역사(역사 사, 史)의 발자취(발자취 적, 跡)가 있는 땅(땅 지, 地)이에요. 역사적으로 중요한 사건이나 건축물 등의 흔적이 남아 있는 곳으로 국가에서 직접 지정한답니다.

역사가 기록되지 않은 선사 시대

지구는 약 46억 년 전에 생겨났어요. 인간은 그 후 수십억 년의 세월이 흐른 뒤에야 지구에 나타나 점점 진화해 갔어요. 인간이 지구상에 처음 나타났을 때부터 문자를 사용하기 이전의 시대를 '선사 시대'라 하는데 글자가 만들어져 역사를 기록하기 바로 전까지로 '역사 이전의 시대'를 의미해요. 선사 시대는 원시인들이 사용한 도구에 따라 석기 시대, 청동기 시대 등으로 구분 짓는데, 석기 시대는 다시 구석기와 신석기 시대로 나누어요. 문자 기록이 없는 선사 시대의 생활 모습은 동굴과 고인돌, 여러 가지 종류의 토기와 석기 등의 유적과 유물로 짐작할 수 있답니다.

석기 시대		청동기 시대	철기 시대
구석기 시대	신석기 시대		
석기 시대의 사람들은 대부분 동굴이나 그늘에 모여 살았어요. 자연에서 쉽게 구할 수 있는 재료로 도구를 만들어서 나무 열매나 물고기, 조개 등을 잡아먹었어요.	구석기 시대보다 훨씬 정교한 도구를 만들어 사용한 신석기 시대 사람들은 고기잡이와 사냥뿐만 아니라 농사를 지었어요. 흙으로 빚은 빗살무늬 토기를 불에 구워 곡식을 저장하거나 음식을 만들어 먹기도 했어요.	청동기 시대에는 '비파'라는 악기를 닮은 비파형 동검처럼 강한 무기를 사용하는 막강한 지배자가 등장했어요. 그들의 무덤인 고인돌은 청동기 시대의 대표 유물이에요.	철기 시대에는 청동기보다 단단한 철로 만든 농기구로 농사를 지어서 경제력이 발달했어요. 철로 강력한 무기도 만들어 넓은 영토를 차지하는 국가가 나타나기 시작했어요.

구석기 시대에 사용한 뗀석기는 돌을 깨뜨리거나 떼어 내서 만든 도구예요. 커다란 돌을 다른 물체와 부딪히게 하면 돌조각이 떨어져 나오는데, '떼어낸 돌'이라고 해서 '뗀석기'라고 했어요. 신석기 시대의 '간석기'는 돌을 갈아서 날카롭게 만든 것으로 돌도끼, 돌칼, 돌화살촉, 돌창 등이 있어요.

1 다음 중 어떤 낱말이 문장에 어울릴까요? 알맞은 낱말에 ○ 하세요.

① (암행어사 / 사학자)는 조선 시대에 왕의 명령을 받아 벼슬아치의 잘못을 벌주고, 백성들의 억울한 일을 해결해 주었어요.

② (정치 / 야사)는 밖에서 떠도는 이야기를 통해 그 시대의 생활상을 적은 역사예요.

③ (통사 / 사극)은/는 역사에 실제로 있었던 사람과 사실을 바탕으로 만든 연극이나 연극 대본을 뜻해요.

2 역사는 시대에 따라 구분해서 다르게 불러요. 두 사람의 대화 속 빈칸에 들어갈 낱말을 보기에서 골라 번호를 써 보세요. (   )

> ☐에 길이 남을 세종 대왕을 모셨습니다. 한글을 만드신 특별한 이유가 있으십니까?

> 조선 시대에는 한자가 너무 어려워서 글을 읽고 쓸 수 없는 백성이 많았기 때문이라오.

> 보기   ① 고대사   ② 근세사   ③ 현대사

3 속뜻 짐작 다음 문장의 '사상'과 같은 뜻으로 쓰인 것을 골라 보세요. (   )

> 이번 올림픽에는 올림픽 **사상** 가장 많은 나라가 참가했다.

① 속보! 무단 횡단 교통사고로 두 명 **사상**!

② 화가의 그림을 보면 그 사람의 **사상**과 감정을 알 수 있어.

③ 우리 학교 **사상** 처음으로 축구 대회에서 우승을 했대.

④ 우리나라는 예로부터 노인을 공경하는 경로**사상**이 깊었어.

> 올림픽에 새 역사가 써졌네!

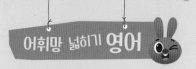

역사적 사건이 발생한 연도 앞에 B.C.나 A.D.가 붙은 걸 본 적 있을 거예요.
B.C.와 A.D.가 어떤 뜻인지 알아보도록 해요.

1주 2일
학습 끝!

붙임 딱지 붙여요.

B.C.

B.C.는 before Christ를 줄인 것으로, '그리스도 이전', '기원전'이라는 의미예요. 햇수를 세는 기준이 되는 해인 '기원'이 예수 그리스도가 탄생한 연도를 뜻하기 때문에 기원전은 그리스도 탄생 이전의 해를 가리킨답니다. '그는 기원전 120년에 태어났다.'는 그가 그리스도 탄생 120년 전에 태어났다는 것을 뜻하고, 영어로 표현하면 'He was born in 120 B.C.'라고 하면 돼요.

A.D.

A.D.는 Anno Domini라는 라틴어를 줄인 것으로, '우리 주님의 해'라는 뜻이에요. 우리말로는 '서기', '기원후'라는 뜻을 가지고 있어요. A.D.는 '디오니시우스엑시구스'라는 기독교 신학자가 〈부활절의 서(書)〉라는 책에서 처음으로 사용했어요. 그 후 연대 표시를 할 때 기준이 되어 오늘날까지 사용하게 되었다고 해요. '신라는 서기 676년에 삼국을 통일했다.'는 문장을 영어로 말하면 'Silla Dynasty unified the Three Kingdoms in A.D. 676.'가 돼요.

QR 찍고 발음 듣기

선(選)이 들어간 낱말 찾기

선택 選擇 choice

선수 選手 player

총선 總選

선호 選好 favorite

대선 大選

입선 入選

직접 선거 直接 選擧

선 選 가릴 선

예선 豫選

간접 선거 間接 選擧

본선 本選

당선

선거 選擧 election

결선 決選

낙선

선출 選出

1 낱말 자판기를 누르면 '여럿 가운데서 뽑는다'는 뜻의 '선' 자가 들어간 낱말을 뽑을 수 있어요. 각 번호를 누르면 어떤 낱말 깡통이 나오는지 보기에서 찾아 써 보세요.

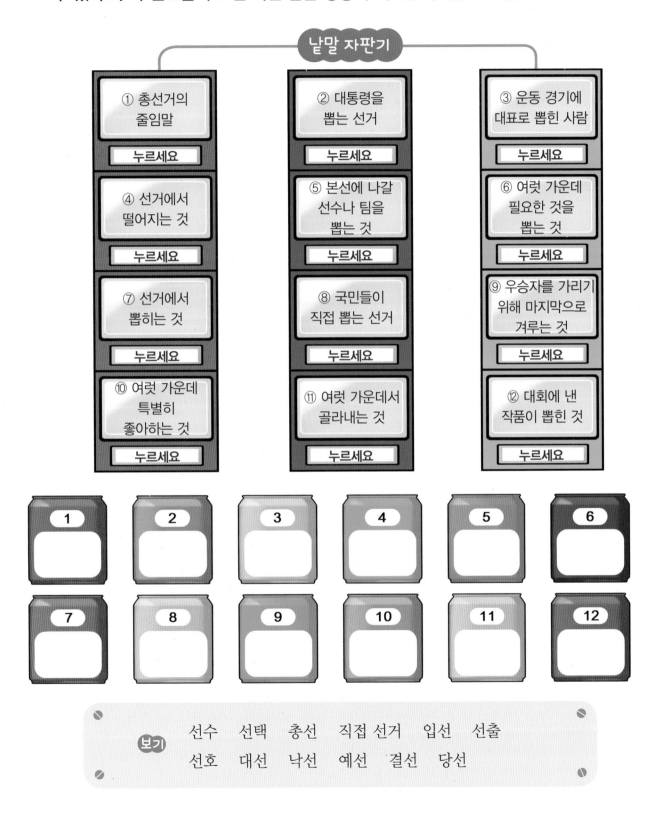

낱말 자판기

① 총선거의 줄임말
누르세요

② 대통령을 뽑는 선거
누르세요

③ 운동 경기에 대표로 뽑힌 사람
누르세요

④ 선거에서 떨어지는 것
누르세요

⑤ 본선에 나갈 선수나 팀을 뽑는 것
누르세요

⑥ 여럿 가운데 필요한 것을 뽑는 것
누르세요

⑦ 선거에서 뽑히는 것
누르세요

⑧ 국민들이 직접 뽑는 선거
누르세요

⑨ 우승자를 가리기 위해 마지막으로 겨루는 것
누르세요

⑩ 여럿 가운데 특별히 좋아하는 것
누르세요

⑪ 여럿 가운데 골라내는 것
누르세요

⑫ 대회에 낸 작품이 뽑힌 것
누르세요

1 2 3 4 5 6

7 8 9 10 11 12

보기   선수   선택   총선   직접 선거   입선   선출
선호   대선   낙선   예선   결선   당선

선택
選(가릴 선) 擇(가릴 택)

우리는 하루 종일 수많은 선택을 하면서 살고 있어요. 늦었는데 걸어갈까, 뛰어갈까? 어떤 숙제부터 할까? 이렇게 선택은 여럿 가운데 필요한 것을 가려내 뽑는 거예요.

선수
選(가릴 선) 手(손 수)

운동 경기를 잘해서 대표로 뽑힌 사람을 선수라고 해요. 그래서 어떤 일을 뛰어나게 잘하거나 빈틈없이 처리하는 사람을 빗대서 '그 사람은 무슨 일을 하는 데 선수다.'라는 표현을 사용하기도 하지요.

선호
選(가릴 선) 好(좋을 호)

선호한다는 것은 여럿 가운데 특별히 가려서(가릴 선, 選) 좋아한다(좋을 호, 好)는 뜻이에요.

입선
入(들 입) 選(가릴 선)

입선이란 '들 입(入)' 자와 '가릴 선(選)' 자가 합쳐진 낱말로, 대회에 응모한 작품이 심사에 합격해서 뽑힌 것을 말해요.

예선 / 본선
豫(미리 예) 選(가릴 선) 本(근본 본)

예선은 대회 본선에 나갈 선수나 팀을 미리(미리 예, 豫) 가리는(가릴 선, 選) 거예요. 예선에서 가려진 사람들은 본래 경기인 본선을 치르고, 마지막으로 우승자를 결정하는(결단할 결, 決) '결선'을 치러요.

선출
選(가릴 선) 出(날 출)

새로운 학기가 시작되면 반을 대표하는 반장을 뽑아요. 이처럼 많은 사람 가운데서(가릴 선, 選) 뽑는(날 출, 出) 것을 선출이라고 해요.

선거
選(가릴 선) 擧(들 거)

모임이나 집단을 꾸려 나갈 대표자를 뽑는 것을 선거라 해요. 선거에 뽑히는 것을 '당선(마땅할 당 當, 가릴 선 選)', 떨어지는 것을 '낙선(떨어질 락/낙 落, 가릴 선 選)'이라고 해요.

직접 선거 / 간접 선거
直(곧을 직) 接(이을 접) 選(가릴 선)
擧(들 거) 間(사이 간)

직접 선거는 우리가 직접 투표를 해서 뽑는 방식이고 간접 선거는 우리의 투표로 선출된 중간 선거인들이 투표를 해서 뽑는 방식이에요. 우리나라는 직접 선거로 대통령을 뽑는답니다.

총선 / 대선
總(거느릴/다 총) 選(가릴 선)
大(큰 대)

총선은 국민들을 대신해 국회에서 일할 국회 의원 전체를 한꺼번에 뽑는 총선거를 말해요. 대선은 대통령을 뽑는 선거로, 우리나라의 대통령 선거는 5년마다 치러져요.

선거의 4대 원칙

선거는 국민을 대표하는 사람을 투표로 뽑는 것을 말해요. 민주주의 선거에는 네 가지 원칙이 있어요. 어떤 원칙이 있는지 하나씩 살펴볼까요?

보통 선거 누구나 정해진 나이가 되면 선거를 할 수 있다는 원칙이에요. 너무나 당연한 일 같지만, 1948년에 최초의 헌법이 만들어지기 전까지는 여성이 선거에 참여할 수 없었어요.

평등 선거 많이 배웠든 적게 배웠든 재산이 많든 적든 상관없이 선거권을 가진 모든 사람이 공평하게 한 표씩 투표를 한다는 원칙이에요.

직접 선거 다른 사람이 대신 투표를 해서는 안 되고 선거권을 가진 본인이 직접 투표장에 가서 투표를 한다는 원칙이지요.

비밀 선거 투표를 한 사람이 누구를 찍었는지 자신 이외에는 알 수 없게 비밀로 한다는 원칙이에요. 그래서 기표소에 투표자 혼자 들어가 다른 사람은 보거나 알 수 없도록 투표를 해요.

도편 추방제는 그리스의 시민들이 위험한 인물을 비밀 투표로 뽑아 10년 동안 나라 밖으로 추방하는 제도예요. 당시 그리스에는 종이가 없었기 때문에 도자기 조각 즉, 도편(질그릇 도 陶, 조각 편 片)이나 조개껍데기에 정치를 잘 못할 것 같은 사람의 이름을 적어 투표를 했어요. 그리고 투표에서 6,000표 이상이 나온 사람은 10년 동안 나라 밖으로 쫓아냈다고 해요.

1 빈칸에 들어갈 알맞은 낱말을 골라 선을 이어 보세요.

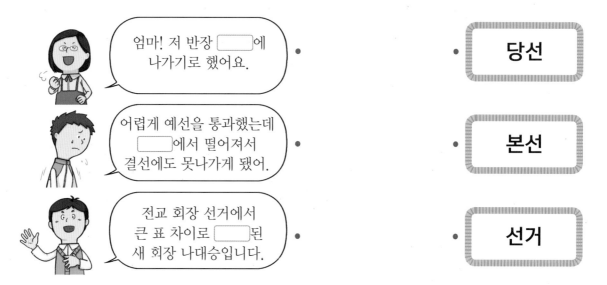

엄마! 저 반장 [ ]에 나가기로 했어요. •

어렵게 예선을 통과했는데 [ ]에서 떨어져서 결선에도 못나가게 됐어. •

전교 회장 선거에서 큰 표 차이로 [ ]된 새 회장 나대승입니다. •

• 당선

• 본선

• 선거

2 속뜻짐작 밑줄 친 낱말의 '선'과 의미가 다른 것을 골라 보세요. (　　)

그녀는 이달의 우수 직원으로 **선정**되었다.

① 다음 달에 태권도 국가 대표 **선발**전이 열립니다.

② 그는 왕위에 오른 뒤 **선정**을 베풀었다.

③ 올해는 각 반의 회장을 두 명 **선출**한대.

④ 그는 선수 생활을 은퇴한 후, 프로팀 감독으로 **선정**되었다.

3 속뜻짐작 아래 그림에서 선거 후보들의 현수막을 잘 읽어 보면 어떤 선거를 치르는지 알 수 있어요. 알맞은 선거를 골라 보세요. (　　)

① 대선

② 간접 선거

③ 지방 선거

④ 대통령 선거

지역 일꾼을 뽑는 선거 같은데?

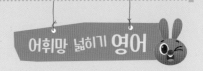

선거는 우리를 대표할 인물을 뽑는 아주 중요한 일이에요.
선거와 관련된 다양한 영어 단어를 익혀 볼까요?

class president

class president는 '반장'을 뜻하는 낱말이에요. president가 '대통령', 또는 '어떤 모임을 대표하는 사람'을 뜻하니까 반을 대표하는 반장은 class president겠죠?

We voted for class president.

2학기 반장선거

vote

vote는 '투표하다'라는 뜻을 가지고 있어요. 마음에 드는 후보자에게 표를 던지는 것을 '투표'라고 해요.

I vote for Sujung.

2학기 반장 선거

투표함

1주 3일
학습 끝!

붙임 딱지 붙여요.

run

'달리다', '뛰다'라는 뜻으로 많이 쓰이는 run은 '출마하다'라는 뜻도 가지고 있어요.

I'm running for class president.

와, 좋겠다. 그런데 run이 '출마하다'라는 뜻도 있구나.

하긴, 당선되려면 부지런히 뛰어다니면서 선거 운동 해야지.

QR 찍고 발음 듣기

화(化)가 들어간 낱말 찾기

1 주어진 설명을 읽고 알맞은 낱말을 따라가면 꼬마 유령을 피해 무사히 집에 도착할 수 있어요. 그럼 출발해 볼까요?

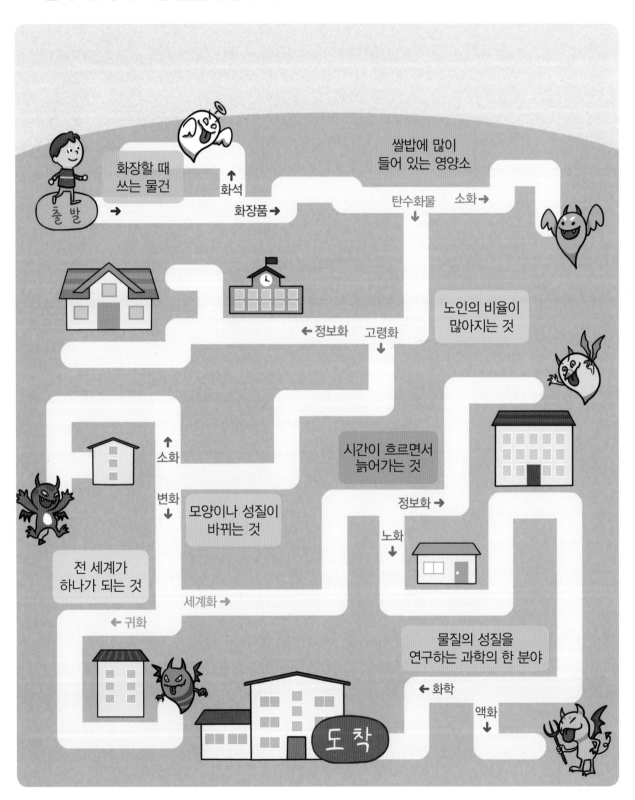

문화
文(글월 문) 化(될/변화할 화)

우리나라 사람들이 김치를 먹는 건 우리만의 문화라고 할 수 있어요. 문화는 한 사회의 사람들이 공통적으로 가지고 있는 독특한 생활 방법을 말해요. 연극이나 미술 전시, 축제 같은 예술도 문화라고 해요.

변화
變(변할 변) 化(될/변화할 화)

능력이 많아지며 점점 발달해 가는 '진화'와 뒤로 물러나는 '퇴화'처럼 모양이나 성질이 바뀌거나 변하는(변할 변, 變) 것을 변화라고 해요.

진화하자!

진화? 더 센 소방관이 되나 봐!

소화
消(사라질 소) 化(될/변화할 화)

소화는 우리가 먹은 음식의 영양소가 몸에 잘 흡수되도록 잘게 부수어 사라지게(사라질 소, 消) 되는(될/변화할 화, 化) 것을 말해요.

방귀가 액화 될 거 같아!

설사? 윽!

화학
化(될/변화할 화) 學(배울 학)

화학은 다양한 물질의 성질을 연구하는 과학의 한 분야예요. 물질의 상태는 기체, 고체, 액체로 나누어지는데, 액체가 기체로 변하는 현상은 '기화', 기체가 액체로 변하는 것은 '액화'라고 해요.

노화
老(늙을 로/노) 化(될/변화할 화)

노화는 늙게(늙을 로/노, 老) 된다(될/변화할 화, 化)는 거예요. 병이나 사고 때문이 아니라 시간이 지나면서 생물의 기능이 점점 떨어지고 약해지는 것을 말해요.

화장품
化(될/변화할 화) 粧(단장할 장) 品(물건 품)

외모를 가꾸기 위해 사용하는 로션이나, 크림, 향수, 립스틱 등을 화장품이라고 해요. 이런 화장품을 발라 얼굴을 꾸미는 것을 '화장'이라고 하지요.

누구세요?

민주화 / 세계화
民(백성 민) 主(주인 주) 化(될/변화할 화) 世(세상 세) 界(지경 계)

어떤 낱말에 '될/변화할 화(化)' 자가 붙으면 점점 그 낱말처럼 된다는 거예요. 민주화는 민주주의로 변화한다는 뜻이고, 세계화는 전 세계가 서로 영향을 주고받으며 하나가 된다는 뜻이에요. '고령화'는 노인의 비율이 높아진다는 뜻이며, '정보화'는 정보가 중심이 되는 사회가 된다는 뜻이에요.

화석
化(될/변화할 화) 石(돌 석)

오래전에 멸종된 공룡의 모습을 오늘날 어떻게 눈으로 직접 본 것처럼 알 수 있을까요? 바로 공룡 화석 덕분이에요. 화석은 지구를 구성하는 단단한 물질인 암석 속에 남아 있는 생물의 흔적을 말해요.

귀화
歸(돌아갈 귀) 化(될/변화할 화)

스포츠 중계를 보다 보면 한국식 이름을 가진 외국 선수가 뛰는 장면을 볼 수 있어요. 이들은 우리나라로 귀화한 선수예요. 자기가 태어난 나라가 아닌 다른 나라 국민이 될 자격을 갖게 되는 것을 귀화라고 해요.

탄수화물
炭(숯 탄) 水(물 수) 化(될/변화할 화) 物(물건 물)

흰쌀밥에는 우리 몸에 에너지를 제공하는 탄수화물이 들어 있어요. 지방, 단백질과 함께 3대 영양소에 속하는 탄수화물은 탄소와 수소, 산소가 결합한 물질로, 식빵이나 단맛이 나는 과일 등에도 들어 있어요.

음식물의 소화 과정

우리가 매일 먹는 맛있는 음식들은 소화가 되어 결국 똥이 돼요. 소화는 음식물이 우리 몸에 쉽게 흡수되도록 잘게 부서지는 여러 과정을 뜻해요. 그렇다면 음식물은 우리 몸에서 어떻게 사라질까요?

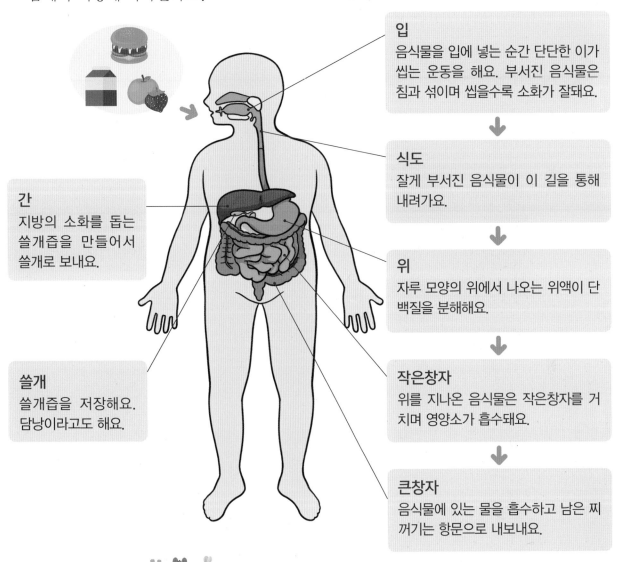

입
음식물을 입에 넣는 순간 단단한 이가 씹는 운동을 해요. 부서진 음식물은 침과 섞이며 씹을수록 소화가 잘돼요.

식도
잘게 부서진 음식물이 이 길을 통해 내려가요.

위
자루 모양의 위에서 나오는 위액이 단백질을 분해해요.

작은창자
위를 지나온 음식물은 작은창자를 거치며 영양소가 흡수돼요.

큰창자
음식물에 있는 물을 흡수하고 남은 찌꺼기는 항문으로 내보내요.

간
지방의 소화를 돕는 쓸개즙을 만들어서 쓸개로 보내요.

쓸개
쓸개즙을 저장해요. 담낭이라고도 해요.

음식물을 소화시키고 남은 찌꺼기가 바로 똥이에요. 그런데 이 똥을 부르는 이름이 조금씩 다르답니다. 물기가 없이 몹시 된 똥은 '강똥', 설사처럼 물기가 많은 묽은 똥은 '물찌똥', 갓난아이가 처음 눈 똥은 '배내똥', 배탈이 나서 제대로 소화되지 못하고 나오는 똥은 '산똥', 급하게 너무 많이 먹어서 덜 삭은 채 나오는 똥은 '선똥'이라고 해요.

1 다음 ( ) 안에 들어갈 알맞은 낱말을 골라 ○ 하세요.

① 음식을 너무 많이 먹었더니 (소화 / 귀화)가 안 되네.

② 피부의 (기화 / 노화)를 막으려면 뿌리채소를 많이 드세요.

③ 1980년 5월 18일 광주에서 (민주화 / 변화) 운동이 일어났다.

④ 김치와 불고기 같은 전통 음식은 우리의 (정보화 / 문화)야.

2 사진과 설명을 보고, 빈칸에 공통으로 들어갈 낱말을 찾아 ○ 하세요.

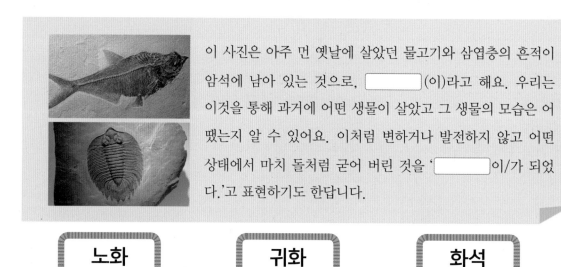

이 사진은 아주 먼 옛날에 살았던 물고기와 삼엽충의 흔적이 암석에 남아 있는 것으로, [   ](이)라고 해요. 우리는 이것을 통해 과거에 어떤 생물이 살았고 그 생물의 모습은 어땠는지 알 수 있어요. 이처럼 변하거나 발전하지 않고 어떤 상태에서 마치 돌처럼 굳어 버린 것을 '[   ]이/가 되었다.'고 표현하기도 한답니다.

노화   귀화   화석

3 친구들의 대화 속 빈칸에 공통으로 들어갈 낱말은 무엇일까요? ( )

내 꿈은 유형 [   ]이/가 되는 거야. 그럼 내 게임 실력이 대대로 전해지겠지?

에이그, 유형 [   ]은/는 역사적, 문화적으로 보호할 가치가 있는 것 중에 모양이 있는 거야. 모양이 없는 것이 무형 [   ](이)라고!

① 문화   ② 문화재   ③ 세계 문화유산   ④ 문화 체육 관광부

화장은 예뻐지거나 피부를 보호하기 위해서 남녀노소가 모두 즐겨 하지요.
화장과 관련된 영어 단어를 알아볼까요?

make-up

'화장'은 영어로 make-up이에요. '화장을 하다'라고 말할 때는 wear make-up이라고 해요.
'학교에서는 화장을 하면 안 돼.'를 영어로 말하려면 'You can't wear make-up at school.'
이라고 하면 돼요. wear 대신 put on 또는 apply를 쓰기도 해요.

cosmetics

'화장품'을 통틀어 cosmetics라고 해요. 화장품 종류는 매우 다양한데, 입술에 바르는 lipstick,
눈에 바르는 eye shadow, 피부 잡티를 가려 주는 foundation 등이 있어요. 피부 보호를 위해
사용하는 화장품 가운데 대표적인 것은 '자외선 차단제'인 sunblock이에요. block은 '막다',
'차단하다'라는 뜻이에요.

I주 4일
학습 끝!

붙임 딱지 붙여요.

타(打)가 들어간 낱말 찾기

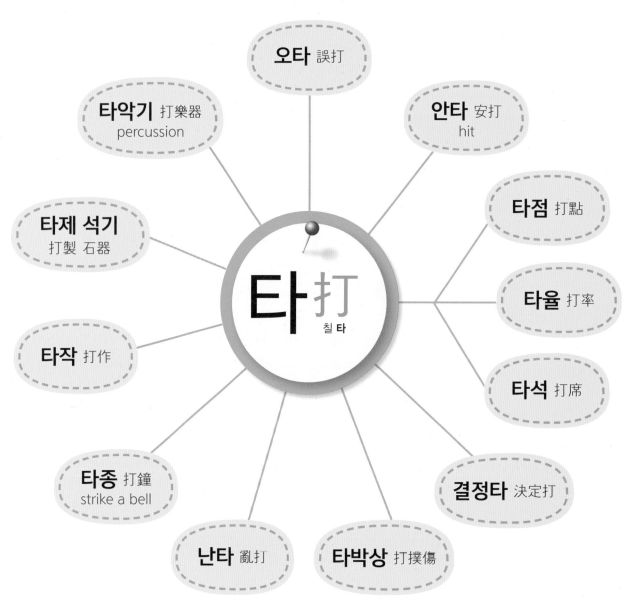

36

1 설명과 그림을 보고, 초성 힌트를 참고하여 알맞은 낱말을 빈칸에 써 보세요.

맞거나 부딪쳐 생긴 상처를 말해요.   ☐ ㅂ ㅅ

종을 치는 일을 뜻하는 낱말이에요.   ☐ ㅈ

타자기나 컴퓨터 따위를 칠 때 잘못 친 글자를 뜻해요.   ㅇ ☐

타자가 공을 치도록 정해 놓은 자리를 말해요.   ☐ ㅅ

야구에서 타자가 한 베이스를 안전하게 갈 수 있게 공을 치는 거예요.   ㅇ ☐

어지러울 정도로 마구 때리는 것을 말해요.   ㄴ ☐

곡식을 두드려서 껍질을 벗겨 내는 거예요.   ☐ ㅈ

돌을 깨뜨려서 만든 도구예요.   ☐ ☐ ㅅ

승부를 판가름하는 결정적인 타격이에요.   ㄱ ☐ ☐

타악기
打(칠 타) 樂(즐거울 락/악) 器(그릇 기)

장구, 실로폰, 캐스터네츠처럼 두드리거나 탬버린처럼 흔들어서 소리를 내는 악기를 **타악기**라고 해요.

오타
誤(그릇될 오) 打(칠 타)

오타는 컴퓨터로 글을 입력할 때 글자가 잘못 쓰인 것을 말해요. 휴대 전화 문자를 잘못 입력한 것도 마찬가지고요. 모두 키보드를 두드려서 글자를 만들기 때문에 친다는 뜻의 '칠 타(打)' 자를 써요.

안타
安(편안할 안) 打(칠 타)

야구에서 타자가 한 베이스 이상을 안전하게(편안할 안, 安) 갈 수 있도록 공을 친(칠 타, 打) 것을 **안타**라고 해요. 특히 '적시타'는 득점을 하게 한 안타예요.

타점 / 타율
打(칠 타) 點(점 점) 率(헤아릴 률/율)

타점은 득점한 점수를, **타율**은 타격 성적을 백분율로 나타낸 것이고, '자리 석(席)' 자기 붙은 '타석'은 타자가 공을 치도록 정해 놓은 자리예요.

결정타
決(결단할 결) 定(정할 정) 打(칠 타)

경기나 싸움에서 상대를 이기는 결정적인 타격을 **결정타**라고 해요. 한순간의 타격으로 승부가 판가름된다는 의미를 지니고 있어, 어떤 일의 결과에 결정적인 영향을 미치는 행동이나 사건을 비유적으로 표현할 때 사용해요.

타박상
打(칠 타) 撲(칠 박) 傷(상할 상)

넘어지거나 부딪혀 다칠 경우 사람들은 약국에 가서 타박상에 필요한 약을 사서 바르지요. 쳐서(칠 타 打, 칠 박 撲) 상한다(상할 상, 傷)는 뜻의 **타박상**은 맞거나 부딪쳐서 생긴 상처예요.

난타
亂(어지러울 란/난) 打(칠 타)

난타는 어지러울(어지러울 란/난, 亂) 정도로 마구 때리는(칠 타, 打) 거예요. 주방용품같이 우리 주변에서 흔히 볼 수 있는 사물들을 마구 때리고 두드려 대는 난타 공연도 있답니다.

타종
打(칠 타) 鐘(쇠북 종)

매년 한 해의 마지막 날 밤 12시가 되면 종로 보신각에서 새해맞이 타종 행사를 해요. **타종**은 종(쇠북 종, 鐘)을 친다(칠 타, 打)는 뜻이에요. '쇠북'은 '종'을 일컫는 옛말이랍니다.

타작
打(칠 타) 作(지을 작)

'칠 타(打)' 자와 '지을 작(作)' 자가 합쳐진 **타작**은 곡식을 두드려 낟알을 거두는 일이에요. 껍질을 벗겨 낸다는 뜻에서 '탈곡(벗을 탈 脫, 곡식 곡 穀)'이라고도 해요.

타제 석기
打(칠 타) 製(지을 제) 石(돌 석) 器(그릇 기)

쳐서(칠 타, 打) 만든(지을 제, 製) 돌(돌 석, 石) 기구(그릇 기, 器)라는 뜻의 **타제 석기**는 '뗀석기'라고도 해요. 돌끼리 치면 깨진 돌조각이 떨어져 나오기 때문에 '떼어 낸 돌'이라고 하는 거예요.

두드려야 제 맛인 타악기

타악기는 악기를 두드리거나 서로 부딪쳐서 소리를 내는 악기를 통틀어서 말해요. 우리가 아는 타악기에는 북과 드럼, 실로폰, 탬버린 등이 있어요. 동그란 두 개의 원반을 서로 맞부딪쳐 소리를 내는 금속 타악기인 심벌즈는 강렬한 소리를 내지요. 타악기는 대개 음높이가 없다고 생각하기 쉽지만, 팀파니나 실로폰처럼 음높이가 있는 타악기도 있어요. 다양한 타악기 종류를 함께 살펴봐요.

〈타악기의 종류〉

드럼

서양식 북을 모아 놓은 악기예요. 한두 개의 채로 두드려요.

실로폰

길이와 두께가 다른 나무토막을 두 개의 채로 쳐서 소리를 내요.

탬버린

테 둘레에 방울을 달아 손으로 치거나 흔들어서 소리를 내요.

팀파니

통에 가죽을 씌우고, 두 개의 채로 쳐서 소리를 내요.

심벌즈

둥글고 넓적한 쇠붙이 두 장을 맞부딪쳐서 소리를 내요.

뭐든 신나게 두드리다 보면 걱정과 고민도 다 날아가겠지요? 그래서인지 타악기는 아주 오랜 옛날부터 사람들의 마음을 달래 주었어요. 주변에서 쉽게 볼 수 있는 다듬잇돌과 박 바가지, 작대기 등 여러 물체를 때리거나 흔들거나 긁어서 소리를 냈답니다. 얼마나 다양하고 재미난 소리가 났을지 한번 상상해 보세요!

1 다음 글을 읽고, 빈칸에 들어갈 낱말을 찾아 ○ 하세요.

> 선사 시대 사람들은 쓰임에 맞게 돌을 깨뜨리거나 갈아서 도구를 직접 만들어 사용했어요. 이렇게 돌을 깨뜨려서 만든 기구를 [   ]라고 해요.

타악기
타제 석기

> 친구에게 급하게 문자 메시지를 보내다가 친구의 이름을 틀리게 썼어요. 이처럼 컴퓨터나 휴대 전화에 글자를 잘못 입력한 것을 [   ]라고 해요.

오타
안타

> 우리나라 농구 대표팀이 종료 직전에 던진 슛이 성공을 해서 우승을 이루어 냈어요. 이렇게 경기나 싸움에서 상대를 이기는 결정적인 타격을 [   ]라고 해요.

결정타
난타

2 다음 낱말에 해당하는 사진과 설명을 골라 선으로 이어 보세요.

① 타종 •

• 곡식을 두드려 껍질을 벗겨 내는 일로 마당에서 했기 때문에 '마당질'이라고도 해요.

② 타작 •

• 한 해의 마지막 날이나 광복절, 삼일절 등 특별한 날을 기념하는 행사 때 이것을 볼 수 있어요.

3 속뜻 짐작 경찰관이 설명하고 있는 낱말은 무엇일까요? (   )

> 한 번 그물을 쳐서 고기를 나 잡듯이 범죄자들을 한꺼번에 [   ]하겠어!

① 일망타진   ② 이해타산
③ 수지타산   ④ 반타작

'그물'을 뜻하는 한자어가 들어간 낱말을 찾아봐!

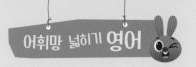

야구 선수는 수비 위치에 따라 다르게 불려요.
야구 선수를 부르는 말과 자주 쓰이는 야구 용어를 알아볼까요?

baseball position

center field
중견수

left field
좌익수

short stop
유격수

second base
2루수

right field
우익수

third base
3루수

first base
1루수

pitcher
투수

catcher
포수

1주 5일
학습 끝!

붙임 딱지 붙여요.

hit, home run, ground out

hit은 '안타'예요. 'He made three hits today.'는 '그는 오늘 3안타를 쳤다.'는 뜻이에요.
home run은 '집'을 뜻하는 home과 '달리다'는 뜻인 run이 만나, '타자가 홈(본루)까지
살아서 돌아올 수 있도록 친 안타'를 말해요. '홈런을 치다'는 표현은 make a home run
이에요. ground out은 타자가 친 공이 땅 위로 굴러가서 아웃되는 '땅볼 아웃'을 말해요.
ground가 '땅'을 뜻하거든요. '그는 1루에서 땅볼 아웃되었다.'는 영어로 'He grounded
out at first base.'예요.

QR 찍고 발음 듣기

조선 시대 ○○ 시장

와글 와글

왕초, 여기에서 뭐해요?

이곳은 상품이 거래되는 시장이야!

나도 알지

'시장'이라는 말은 10세기경 중국에서 쓰이기 시작했고, 그 전에는 '시'라고만 했어.

아~

'시(市)'는 상품을 사고파는 장소를 표시하기 위해서 세운 깃대와 깃발 모양을 딴 상형 글자야.

오~

시장

시장(저자 시 市, 마당 장 場): 사람들이 많이 모여 물건을 사고파는 곳이에요.

우리나라에서는 '시(市)' 자와 '장(場)' 자 모두 사람이 모이는 곳이라는 뜻이지!

오~역시 왕초

문헌상으로는 '장(場)' 자를 더 많이 썼어.

아~장

그런데 왕초! 우리가 시장에 왜 왔냐고요?

초롱 초롱

?

말했지! 시장은 사람이 많이 모이는 곳을 뜻한다고!

그러니 음식들도 얼마나 많이 모이겠어?

아하~

'시장이 반찬이다'라는 말도 있잖아! 무식한 녀석!

잉?

누가 무식한 건지. 그 '시장'은 이 '시장'이 아니거든요!

협 그런가

벌컥

쟁(爭)이 들어간 낱말 찾기

전쟁은 국가와 국가 사이에 무력을 써서 싸우는 걸 말해요.

저희 집도 전쟁 중인데요!

?

저희 엄마랑 누나가 살과의 전쟁을 선포했거든요.

하하하

투쟁 鬪爭

전쟁 戰爭 war

경쟁률

경쟁 競爭 competition

경쟁자

경쟁심

경쟁력

쟁점 爭點

당쟁 黨爭

쟁 爭
다툴 쟁

쟁취 爭取 gain

언쟁 言爭 dispute

분쟁 紛爭

항쟁 抗爭 resistance

쟁탈전 爭奪戰

논쟁 論爭

44

1 다음에서 설명하는 낱말을 찾아 선으로 잇고, 문장의 빈칸에 들어갈 낱말을 연결해 보세요.

국가와 국가의 싸움 •	• 언쟁 •	• 네 말솜씨로 그와 [ ] 을 하면 질 거야.
말로 하는 싸움 •	• 전쟁 •	• 잔 다르크는 백 년 [ ] 에 참가해서 승리했다.
다투는 중심이 되는 점 •	• 쟁점 •	• 저 사람이 나랑 결승전을 하게 될 [ ]야.
힘껏 다투고 싸우는 것 •	• 경쟁자 •	• 게임기를 안 사주면 단식 [ ]을 하겠다고?
경쟁 관계에 있는 사람 •	• 투쟁 •	• 이 사건의 핵심 [ ]은 두 가지입니다.

2 가로와 세로의 낱말 뜻을 읽고, 낱말 퍼즐을 완성해 보세요.

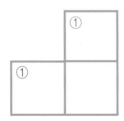

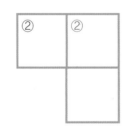

가로 열쇠
① 말썽을 일으켜 복잡하게 다투는 것
② 생각이 다른 사람들이 서로 자기가 옳다며 말이나 글로 다투는 것
③ 서로 다투어서 빼앗는 싸움

세로 열쇠
① 같은 목적을 향해 서로 겨루는 것
② 힘들게 싸워서 바라는 것을 얻는 것
③ 조선 시대 때 정치적인 뜻이 다른 무리의 싸움

전쟁
戰(싸움 전) 爭(다툴 쟁)

전쟁은 국가와 국가가 군사적인 힘을 사용해서 싸운다는 뜻이에요. 어떤 문제에 대해 적극적인 행동을 비유적으로 표현할 때도 사용해요.

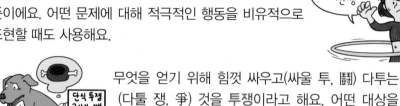

살과의 전쟁

투쟁
鬪(싸울 투) 爭(다툴 쟁)

무엇을 얻기 위해 힘껏 싸우고(싸울 투, 鬪) 다투는 (다툴 쟁, 爭) 것을 투쟁이라고 해요. 어떤 대상을 이기거나 극복하기 위해 싸우는 일이에요.

경쟁
競(다툴 경) 爭(다툴 쟁)

경쟁은 같은 목적을 향해 이기려고 서로 겨루는 거예요. '경쟁의 비율'인 '경쟁률'은 경쟁 관계에 있는 사람인 '경쟁자'가 많을수록 높아요. '경쟁심'은 겨루어 이기려는 마음, '경쟁력'은 경쟁에서 이길 수 있을 만한 힘이에요.

쟁취
爭(다툴 쟁) 取(가질 취)

쟁취는 힘들게 싸워서(다툴 쟁, 爭) 바라던 것을 얻는다(가질 취, 取)는 뜻으로 '자주독립을 쟁취하다', '권력을 쟁취하다.'처럼 쓰여요.

언쟁 / 논쟁
言(말씀 언) 爭(다툴 쟁) 論(논할 론/논)

말로(말씀 언, 言) 하는 싸움(다툴 쟁, 爭)을 언쟁이라고 해요. '논할 론/논(論)' 자가 붙은 논쟁은 생각이 다른 사람들이 서로 자기의 생각이 옳다며 말이나 글로 다투는 걸 말해요.

쟁탈전
爭(다툴 쟁) 奪(빼앗을 탈) 戰(싸움 전)

쟁탈전은 물건이나 권리를 서로 다투어(다툴 쟁, 爭) 빼앗는(빼앗을 탈, 奪) 싸움(싸움 전, 戰)을 말해요. '약탈전(노략질할 략/약 掠, 빼앗을 탈 奪, 싸움 전 戰)'이라는 낱말도 같은 뜻으로 쓰인답니다.

항쟁
抗(겨룰 항) 爭(다툴 쟁)

항쟁은 '겨룰 항(抗)' 자와 '다툴 쟁(爭)' 자가 더해져서 '맞서 싸운다'는 뜻이에요. '항(抗)' 자는 '항의'나 '대항'처럼 맞선다는 의미를 가지고 있어요. 비슷한말로 '항전(겨룰 항 抗, 싸움 전 戰)'이 있어요.

분쟁
紛(어지러울 분) 爭(다툴 쟁)

이스라엘과 팔레스타인은 영토 문제로 오랜 기간 분쟁을 벌이고 있어요. 이처럼 분쟁은 말썽을 일으켜 시끄럽고 어지럽게(어지러울 분, 紛) 얽혀 다투는 것을 말해요.

당쟁
黨(무리 당) 爭(다툴 쟁)

임진왜란이 일어나기 전의 조선은 당쟁으로 인해 나라의 질서가 어지럽고 백성들은 가난에 시달렸다고 해요. 당쟁은 정치적인 뜻이 다른 집단(무리 당, 黨)의 싸움을 일컫는 말이에요.

쟁점
爭(다툴 쟁) 點(점 점)

'서로 다투는(다툴 쟁, 爭) 중심이 되는 점(점 점, 點)'을 뜻하는 쟁점은 '이슈(issue)'라고도 해요. 다툼뿐 아니라 화제의 중심이 된다는 뜻이에요.

아이돌이 쟁점!

공부 안 하는 저 학생이 쟁점!

임진왜란과 병자호란

조선은 임진왜란과 병자호란이라는 두 번의 전쟁을 치렀어요. 임진왜란은 임진년이었던 조선 선조 25년(1592년)에 일본이 일으킨 전쟁이고, 병자호란은 병자년(1636년)에 청나라가 일으킨 전쟁이에요.

〈임진왜란〉

일본은 명나라를 정복하러 가는 길을 내달라는 핑계를 대며 20여만 명의 군사를 이끌고 조선에 쳐들어왔어요. 하지만 전국 각지에서 일어난 의병들과 이순신 장군이 이끄는 수군에 의해 쫓겨났어요. 그 후, 1597년에 또다시 조선을 쳐들어온 일본군은 육지와 바다 전투에서 패배를 거듭하다가 결국 철수하고 7년간의 전쟁이 끝을 맺었어요.

〈병자호란〉

청나라는 자신들의 신하가 되라는 요구를 조선이 거절하자 20만 대군을 거느리고 쳐들어왔어요. 인조와 신하들은 남한산성으로 들어가 47일 동안 맞서다가 결국 청나라에 항복하였고, 소현 세자와 봉림 대군을 비롯한 20만 명의 백성을 청나라에 인질로 보내야 했답니다.

1 문장을 읽고 (   ) 안에 알맞은 낱말을 골라 ○ 하세요.

① 안중근은 우리나라의 독립을 위해 (**투쟁** / 경쟁)한 애국자예요.

② 로봇 장난감을 서로 가지려고 형제 사이에 (**쟁탈전** / 쟁점)이 시작됐어.

③ 1950년 6월 25일, 북한이 남한을 침략해서 (논쟁 / **전쟁**)이 벌어졌어요.

④ 말싸움은 그만하자. 우리끼리 (당쟁 / **언쟁**)을 해도 소용없는 일이야.

⑤ 단식 투쟁을 해서 용돈 인상을 (**쟁취** / 분쟁)했대.

2 그림을 보고, 빈칸의 초성 힌트를 참고하여 알맞은 낱말을 빈칸에 써 보세요.

나라가 위험할 때 국가가 부르기 전에 스스로 무장해서 적과 맞서서 싸운 의병 □□이 전국 각지에서 일어났어요. 이것은 무엇일까요?

3 속뜻짐작 다음 글을 읽고, 빈칸에 들어갈 가장 적절한 낱말을 찾아보세요. (   )

이번 선거에서 민심이 얼마나 무서운지 보여 줘야 합니다. 그 동안 불필요한 □□만 일삼으며 국민들은 뒷전인 정치인들을 몰아내고 진정으로 나라를 위하는 후보에게 우리의 소중 한 한 표를 행사합시다.

'정치에서의 싸움'이란 뜻을 가진 낱말을 찾아볼까?

① 정쟁   ② 투쟁   ③ 경쟁   ④ 항쟁

'다투다', '싸우다'는 표현을 할 때는 상황에 따라 다른 영어 단어가 쓰여요.
어떤 것들이 있는지 알아볼까요?

fight

'싸우다', '싸움'이라는 뜻으로 가장 많이 쓰이는 단어는 fight예요. '~와 싸우다'라는 표현은 fight with인데, do battle with도 같은 뜻으로 쓸 수 있어요. fight against the enemy는 '적과 싸우다', have a big fight with a friend는 '친구와 크게 싸우다'는 뜻이에요.

2주 1일
학습 끝!

붙임 딱지 붙여요.

argue

argue는 주로 말다툼할 때 써요. 'I argue with my younger sister all the time.'은 '나는 내 여동생하고 늘 싸워.'라는 뜻이고, 'Do you want to argue with me?'는 '나랑 싸우자는 거야?'라는 뜻이에요.

debate

debate는 '논쟁', '논쟁하다'는 뜻이에요. 어떤 주제에 대해 찬성하고 반대하는 근거를 대면서 주장하는 거예요. '그 논쟁의 승자는 누구인가요?'를 영어로 말하면 'Who is the winner of the debate?'라고 해요.

I don't want a debate on it.
(나는 그것에 대해 논쟁하고 싶지 않아요.)

QR 찍고 발음 듣기

치(治)가 들어간 낱말 찾기

민주 정치

독재 정치

정치 政治
politics

치안 治安

치장 治粧
decoration

주치의 主治醫

퇴치 退治

치 治
다스릴 **치**

치유 治癒
heal

통치 統治
rule

치료 治療
cure

일제 치하
日帝 治下

덕치 德治

법치 法治

관치 官治

'치(治)' 자에는 정치, 통치처럼 '다스리다'라는 뜻과 치료, 치유처럼 '고치다'라는 뜻이 있어요.

1 다음 뜻풀이를 보고, 빈칸에 들어갈 글자를 글자 띠에서 찾아 써 보세요.

나라를 다스리는 일 ☐ 치

덕으로 다스리는 정치 ☐ 치

곱게 매만져서 보기 좋게 꾸미는 것 치 ☐

범죄를 없애고 사회의 안전과 질서를 유지하는 것 치 ☐

국가의 행정 기관이 직접 맡아 하는 행정 ☐ 치

나라의 지역을 도맡아 다스리는 것 ☐ 치

병이나 상처를 잘 낫게 하는 것 치 ☐

어떤 사람의 병을 맡아서 치료하는 의사 ☐ 치 ☐

글자 띠 | 덕 | 관 | 통 | 주 | 료 | 의 | 안 | 장 | 정 |

정치
政(정사 정) 治(다스릴 치)

정치는 '나라를 다스리는 일'로, 사람들 사이의 갈등을 조정하고 사회 질서를 바로잡아서 국민들이 인간다운 삶을 살도록 하는 거예요.

치안
治(다스릴 치) 安(편안할 안)

치안은 나라를 편안하게(편안할 안, 安) 다스린다는(다스릴 치, 治) 뜻이에요. 범죄를 없애고 질서를 유지하는 것을 말하는데, 국민이 살기 좋은 사회를 위해서는 반드시 치안이 필요하지요.

치장
治(다스릴 치) 粧(단장할 장)

예쁘게 꾸민 것을 보고 꽃단장했다고 해요. **치장**은 단장과 비슷한말로, 곱게 매만져서 보기 좋게 꾸미는 것을 뜻해요.

우리처럼 치장했네~

퇴치
退(물러날 퇴) 治(다스릴 치)

한여름밤 앵앵거리며 밤잠을 설치게 하는 모기를 퇴치하기 위해 모기약을 뿌리곤 하지요. **퇴치**는 물리쳐서 아주 없애 버린다는 뜻이에요.

통치
統(거느릴 통) 治(다스릴 치)

로마의 '율리우스 카이사르(시저)'는 훗날 '황제'를 가리키는 고유 명사가 되었을 정도로 위대한 통치자였다고 해요. **통치**는 나라나 지역을 도맡아 거느리며(거느릴 통, 統) 다스리는(다스릴 치, 治) 것이에요.

일제 치하
日(날 일) 帝(임금 제)
治(다스릴 치) 下(아래 하)

'일제'는 '일본', '치하'는 '지배를 받는 아래'라는 뜻으로, 일본의 지배를 받던 시기를 **일제 치하**라고 해요. 일본에게 나라를 빼앗긴 1910년부터 해방된 1945년까지로, 강제로 지배를 받던 시기라는 뜻에서 '일제 강점기(날 일 日, 임금 제 帝, 강할 강 强, 점칠 점 占, 기약할 기 期)'라고도 해요.

덕치 / 법치
德(덕 덕) 治(다스릴 치)
法(법 법)

덕치와 법치, 관치는 나라와 백성을 다스리는 이치예요. **덕치**는 덕으로 나라를 다스리는 것, **법치**는 법률에 의해 나라를 다스리는 것, '관치행정'과 같은 뜻인 '관치'는 행정 기관이 직접 맡아 하는 행정이에요.

치료
治(다스릴 치) 療(병 고칠 료/요)

'다스릴 치(治)' 자와 '병 고칠 료/요(療)' 자가 합쳐진 **치료**는 병이나 상처 등을 잘 다스려(다스릴 치, 治) 낫게 한다는(병 고칠 료/요, 療) 뜻이에요. '치(治)' 자에는 '고치다'는 뜻도 있어요.

치유
治(다스릴 치) 癒(병 나을 유)

치유는 치료하며 병을 낫게 한다는 뜻이에요. 겉으로 보이는 상처뿐만 아니라 마음의 병까지 낫게 한다는 의미로 사용할 수 있어요.

아, 바다를 보니 마음이 치유되는군!

주치의
主(주인 주) 治(다스릴 치) 醫(의원 의)

주치의는 '담당 의사'와 같은 뜻으로 어떤 사람의 병을 맡아서 치료하는 의사를 말해요. 다친 곳에 약을 발라 주고, 속상한 마음도 달래 주는 가족이 바로 여러분의 주치의라고 할 수 있겠죠?

민주 정치와 독재 정치

　민주 정치란 국민이 나라의 주인이 되고 국민의 뜻에 따라 나라를 이끄는 걸 말해요. 그렇다면 민주 정치는 언제 어디서 시작되었을까요? 민주 정치의 시작은 고대 그리스의 아테네였어요. 아테네 사람들은 '아고라'라는 광장에 모여 함께 나랏일을 의논하고 대표자도 직접 뽑았는데, 이것이 바로 민주 정치예요. 아테네에서 시작된 민주 정치는 오늘날 전 세계 대부분의 나라에서 이루어지고 있어요.

　민주 정치와 달리 권력을 가진 한 사람, 또는 적은 수의 단체가 권력을 마음대로 휘두르는 비민주주의 정치를 독재 정치라고 해요. 독일의 히틀러는 독재 정치를 펼치며 제2차 세계 대전을 일으켰고, 구소련의 스탈린도 절대 권력을 누리며 많은 사람들을 죽음으로 내몰았어요.

<민주 정치>　　　　　　　　　　　<독재 정치>

1 ( ) 안에서 알맞은 낱말을 골라 ○ 하세요.

① 경찰은 범죄는 없애고 질서를 유지하는 (**치안** / **치료**)을/를 책임지고 있어.

② 이 책은 일본의 지배를 받던 (**일제 치하** / **관치**)에 관한 이야기이다.

③ 지나치게 요란한 (**치장** / **치안**)은 좋아 보이지 않아.

④ 효과 좋은 모기 (**퇴치** / **덕치**)법 좀 알려 주세요.

⑤ 우리나라는 법률에 의해 나라를 다스리는 (**주치의** / **법치**) 국가입니다.

2 다음 그림과 가장 어울리는 낱말은 무엇일까요? ( )

① 치안

② 치료

③ 퇴치

④ 정치

3 속뜻짐작 그림을 잘 보고 빈칸에 공통으로 들어갈 낱말을 찾아 ○ 하세요.

'업적'처럼 '쌓는다'는 뜻이 들어간 낱말을 찾으면 되겠네!

치적   치장   치안

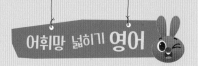

정치 제도에 따라 왕이나 여왕, 대통령, 총리 등이 각각 나라를 다스린답니다.
나라를 대표하며 국민을 다스리는 존재를 영어로 알아볼까요?

king, queen

king은 '왕', queen은 '여왕'을 뜻하는 말이에요. 왕과 여왕은 국가에서 최고의 통치자예요. 아주 먼 옛날에는 왕이나 여왕이 절대적인 권력을 가지고 나라를 다스렸지요. 현재 왕이 최고 지도자로 있는 나라는 중동의 사우디아라비아와 동남아시아의 보루네오섬에 있는 브루나이 왕국 등이 있어요.

> 영국은 실제로 총리가 다스리지만 아직 왕가가 남아 있어.

2주 2일
학습 끝!

붙임 딱지 붙여요.

president

president는 '대통령'을 뜻하는 낱말이에요. 대통령은 한 나라의 대표이면서 정부의 최고 책임자예요. 대통령이 최고 지도자인 나라로는 우리나라, 미국, 프랑스, 러시아 등이 있어요. '대통령은 그 나라의 대표이다.'라는 말을 영어로 하면 'The president is the leader of the country.'예요.

> 미국의 노예 제도를 없앤 에이브러햄 링컨은 미국 역사상 가장 위대한 대통령으로 꼽히지.

prime minister

prime minister는 '수상', '총리'를 뜻해요. 대통령이 없는 영국이나 일본 같은 나라에서 국가를 대표하고 국가의 살림을 책임지는 사람이에요. 이들 나라에는 국왕은 있지만 직접 정치를 하지는 않고 총리가 실질적인 국민의 대표예요.

> 윌프리드 로리에는 "캐나다를 캐나다답게!"를 외친 캐나다 총리였어.

QR 찍고 발음 듣기

시(視)가 들어간 낱말 찾기

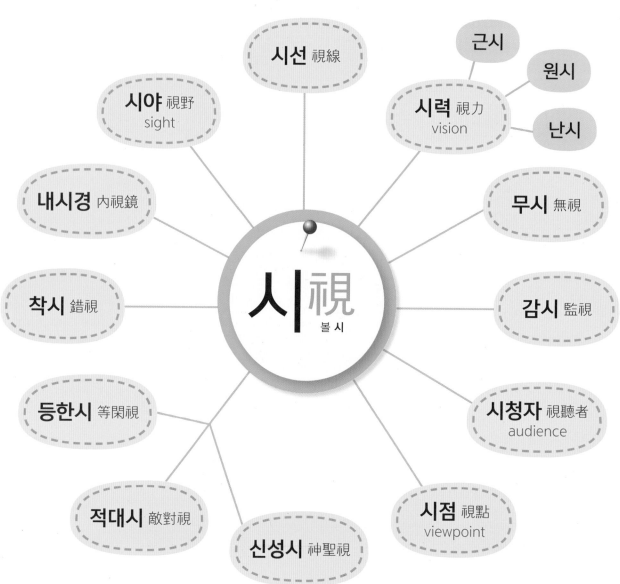

시선 視線

근시

원시

시야 視野 sight

시력 視力 vision

난시

내시경 內視鏡

무시 無視

시 視
볼 시

착시 錯視

감시 監視

등한시 等閑視

시청자 視聽者 audience

적대시 敵對視

신성시 神聖視

시점 視點 viewpoint

1 다음 문장을 읽고, 빈칸에 들어갈 알맞은 낱말을 보기 에서 찾아 써 보세요.

① 언덕 위에 올라왔더니 [　　　] 이/가 확 트이네.

② 병사들은 성벽으로 접근하는 적군이 있는지 [　　　] 했다.

③ 내가 너보다 공부를 못한다고 [　　　] 하지 마!

④ 아이는 장난감 가게 앞에서 [　　　] 을/를 떼지 못했다.

⑤ 공부도 중요하지만 건강을 [　　　] 하면 안 돼!

> 보기   감시   시야   시선   무시   등한시

2 그림을 보고 빈칸에 들어갈 알맞은 낱말을 찾아 선으로 이어 보세요.

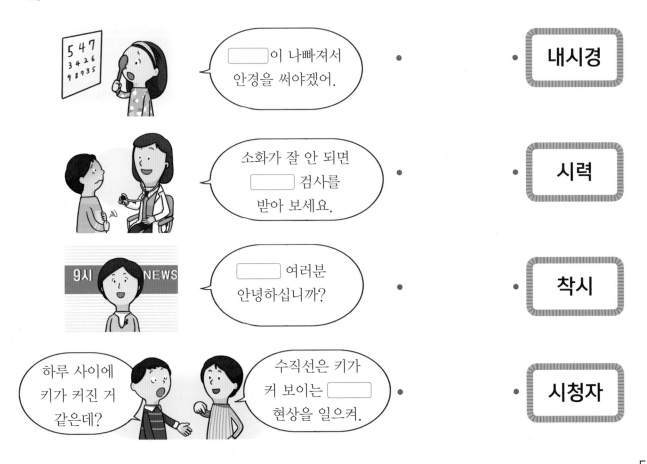

[　　]이 나빠져서 안경을 써야겠어.　　•

소화가 잘 안 되면 [　　] 검사를 받아 보세요.　　•

[　　] 여러분 안녕하십니까?　　•

하루 사이에 키가 커진 거 같은데?

수직선은 키가 커 보이는 [　　] 현상을 일으켜.　　•

• **내시경**

• **시력**

• **착시**

• **시청자**

시야
視(볼 시) 野(들 야)

높은 곳에 올라가면 시야가 탁 트여서 평소보다 꽤 멀리까지 볼 수 있죠? **시야**는 눈이 볼 수 있는 범위를 뜻하는 말이에요. 현미경이나 망원경의 렌즈로 볼 수 있는 범위를 가리키기도 해요.

시선
視(볼 시) 線(줄 선)

연예인은 어디를 가든 사람들의 시선을 받아요. **시선**은 '눈이 가는 방향'이라는 뜻인데, 관심을 비유적으로 표현할 때도 사용해요. 고유어인 '눈길'과 같은 뜻이랍니다.

시력
視(볼 시) 力(힘 력/역)

시력은 눈으로 볼 수 있는 능력을 말해요. '근시'는 가까운 곳(가까울 근, 近), '원시'는 먼 곳(멀 원, 遠)을 잘 보는 시력이고, '난시'는 물체가 어지럽게 (어지러울 란/난, 亂) 보이는 시력이에요.

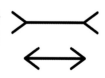

너도 원시니?

과학 실험 중

무시
無(없을 무) 視(볼 시)

무시는 사물이 존재하지 않는(없을 무, 無) 것처럼 보는(볼 시, 視)것, 즉 가치를 알아주지 않고 깔본다는 뜻이에요. 비슷한말로는 가볍게(가벼울 경, 輕) 보는 '경시', 업신여기는(업신여길 멸, 蔑) '멸시'가 있어요.

감시
監(볼 감) 視(볼 시)

'볼 감(監)' 자와 '볼 시(視)' 자가 합쳐져 만들어진 **감시**는 어떤 상황이 규칙에 맞게 잘 지켜지고 있는지 주의 깊게 살피는 것을 말해요.

시청자
視(볼 시) 聽(들을 청) 者(사람 자)

시청자는 텔레비전의 방송 프로그램을 보고(볼 시, 視) 듣는(들을 청, 聽), 사람(사람 자, 者)을 뜻해요. 비슷한 낱말에는 '관객(볼 관 觀, 손님 객 客)', '관중(볼 관 觀, 무리 중 衆)' 등이 있어요.

시점
視(볼 시) 點(점 점)

시점은 어떤 대상을 볼 때(볼 시, 視) 시력의 중심이 가서 닿는 점(점 점, 點)이에요. 소설에서는 이야기를 바라보며 풀어 나가는 위치를 시점이라고 하는데, 이야기를 말하는 사람이 '나'인 1인칭과 '그'인 3인칭이 있어요.

등한시 / 적대시
等(무리 등) 閑(한가할 한)
視(볼 시) 敵(원수 적) 對(대답할 대)

'시(視)'는 낱말 뒤에 붙어 '그렇게 보거나 그렇게 여긴다.'라는 뜻을 만들어요. 등한시는 소홀하게 여기는 것이고, **적대시**는 적으로 보는 것, '신성시 (귀신 신 神, 성스러울 성 聖, 볼 시 視)'는 어떤 대상을 신처럼 위대하게 여기는 것이에요.

착시
錯(섞일 착) 視(볼 시)

착시란 시각적인 착각 현상을 말해요. 어떤 사물이나 사실을 실제와 다르게 받아들이거나 생각하는 '착각(섞일 착 錯, 깨달을 각 覺)'과 비슷한 뜻으로 써요.

내시경
內(안 내) 視(볼 시) 鏡(거울 경)

내시경은 몸 안(안 내, 內)을 보는(볼 시, 視) 거울(거울 경, 鏡)이에요. 몸의 문제점을 발견하기 위해 몸 안쪽을 관찰하는 기계를 통틀어 말하는데, 검사 부위에 따라 기계의 생김새가 달라요.

볼록 렌즈와 오목 렌즈

렌즈(lens)는 유리를 볼록하거나 오목하게 깎아서 어떤 대상을 크게 또는 작게 보이게 만든 물건이에요. 렌즈로 빛이 통과하면 빛이 꺾이는 굴절 현상이 일어나요. 왜냐하면 빛은 통과하는 물질에 따라서 속력이 다르기 때문이에요. 빛을 서로 다르게 조절하는 볼록 렌즈와 오목 렌즈에 대해 좀 더 자세히 알아볼까요?

볼록 렌즈

가운데가 가장자리보다 두꺼워 겉으로 도드라진 모양이에요.

빛이 볼록 렌즈를 통과할 때는 렌즈의 가운데 쪽으로 굴절해서 한 점에 모여요.

글씨가 크게 보여요.

렌즈의 모양은?

빛이 렌즈를 통과하면?

이 렌즈로 글씨를 보면?

오목 렌즈

가운데가 동그스름하게 폭 패거나 들어가 있는 모양이에요.

빛이 오목 렌즈를 통과할 때는 렌즈의 가장자리 쪽으로 굴절해서 빛이 사방으로 퍼져 나가요.

글씨가 작게 보여요.

콘택트 렌즈(contact lens)는 안경 대신 눈의 각막에 직접 붙여서 사용하는 렌즈예요. '접촉되다'는 뜻을 가진 contact와 '렌즈'가 더해진 낱말이에요.

1 설명을 읽고, 알맞은 낱말을 보기에서 찾아 빈칸에 써 보세요.

어떤 상황이 규칙에 맞게 잘 지켜지는지 주의 깊게 살피는 것이에요.	가치를 알아주지 않고 깔본다는 뜻으로 '경시'와 비슷해요.	눈이 가는 방향, 즉 '관심'을 비유적으로 표현한 낱말이에요.	소홀하게 여긴다는 뜻이에요.

보기   등한시   시선   무시   감시

2 밑줄 친 '시점'과 같은 뜻으로 쓰인 것은 무엇일까요? (   )

소설에서 1인칭 주인공 **시점**은 인물의 생각이나 느낌을 잘 드러낼 수 있어.

① 경부선의 **시점**은 서울역이야.

② 아직은 이야기할 **시점**이 아니다.

③ 지금 이 **시점**에서 할 말은 아닌데?

④ 그림을 그릴 때는 **시점**에 따라 그림의 분위기가 많이 달라져.

3 속뜻 짐작 그림을 보고, 빈칸에 들어갈 알맞은 낱말을 골라 보세요. (   )

무지개는 ☐의 색깔인데, 공기 중의 물방울이 햇빛을 받아 일곱 가지 색깔로 보이는 거야.

오잉? 무지개가 ☐이라고?

힌트! 무지개는 사람의 눈으로 볼 수 있어!

① 자외선   ② 가시광선   ③ 적외선   ④ 착시

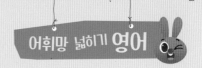

'시(視)'는 '보다', '엿보다', '보이다'라는 뜻을 가지고 있어요.
'보다'라는 뜻을 가진 영어 단어들을 알아볼까요?

watch

watch는 '보다', '지켜보다', '주시하다'라는 뜻을 가진 낱말이에요. see와 같은 뜻을 가진 낱말이지만, 관심을 가지고 시간을 들여 무언가를 보는 것을 표현할 때 사용해요.

I'm watching a cartoon movie about Peter Pan.
(나는 피터팬 만화 영화를 보고 있어.)

I see a ship in the ocean.
(바다에 배 한 척이 보여.)

2주 3일
학습 끝!

붙임 딱지 붙여요.

see

see는 '보다', '보이다'라는 뜻의 낱말이에요. '보다'는 뜻 외에도 '이해하다', '알다', '깨닫다', '발견하다' 등의 뜻을 가지고 있어요. see는 보통 눈을 뜨고 보는 것에 사용해요.

look

look은 '보다'라는 뜻을 가진 낱말이지만, '(관심을 가지고) 바라보다', '찾아보다'라는 뜻이 함께 들어 있어요. 그래서 look at은 '~을 보다', look for는 '~을 찾다'라는 뜻이에요.

I'm looking for Captain Hook.
(나는 후크 선장을 찾고 있지.)

QR 찍고 발음 듣기

의(義)가 들어간 낱말 찾기

나는 세계적으로 유명한 의사가 돼서 사람들의 건강을 책임질 거야.

어머~, 정말? 멋지다!

응! 두고 봐! 꼭 안중근 의사처럼 훌륭한 의사 선생님이 될 거니까!

뭐?

에구~, 너 공부 정말 열심히 해야겠다!

예의 禮義 manners

정의 正義 justice

동의어 同義語

의리 義理

반의어 反義語

의무 義務 duty

다의어 多義語

의義 옳을 의

민주주의 공산주의

주의 主義

의형제 義兄弟

사회주의 자본주의

의사 義士 martyr

의병 義兵

강의 講義 lecture

62

1 아이가 꽃밭을 통과하려면 번호에 맞춰 빈칸에 알맞은 낱말을 채워야 해요. 아래 설명을 잘 읽고, 보기에서 찾아 써 보세요.

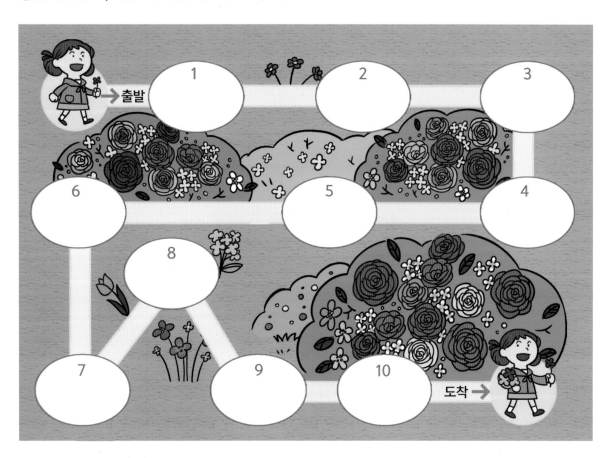

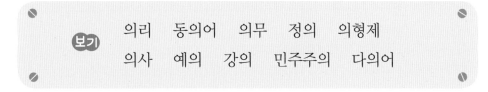

보기 의리 동의어 의무 정의 의형제
의사 예의 강의 민주주의 다의어

① 두 가지 이상의 뜻을 가진 낱말
② 의로운 뜻을 가지고 나라를 위해 목숨을 바친 사람
③ 진리에 맞는 바르고 옳은 도리
④ 사람으로서 마땅히 해야만 하는 일
⑤ 국민이 주인이 되어 정치가 이루어지는 체제

⑥ 남남이지만 의리로 친형제처럼 맺어진 관계
⑦ 사람으로서 지켜야 할 도리
⑧ 사람이 지켜야 할 예절과 의리
⑨ 뜻은 같지만 생긴 모양이 다른 낱말
⑩ 대학이나 학원에서 학문 등을 가르치는 것

예의
禮(예도 례/예) 義(옳을 의)

우리나라는 '동쪽에 있는 예의에 밝은 나라'라는 뜻의 '동방예의지국'이라고 불릴 정도로 예의를 중요하게 생각해요. **예의**는 사람이 지켜야 할 예절(예도 례/예, 禮)과 의리(옳을 의, 義)를 뜻해요.

정의
正(바를 정) 義(옳을 의)

"정의의 사도가 왔다!"를 외치며 악당을 물리치는 이야기는 늘 통쾌함을 선사하지요. **정의**는 진리를 따르는 바르고(바를 정, 正) 옳은(옳을 의, 義) 도리예요.

정의의 칼을 받아라!

의리
義(옳을 의) 理(다스릴 리/이)

친구 사이에서 필요한 건 뭘까요? 믿음, 배려 등 중요한 게 많지만 특히 의리도 빠질 수 없지요. **의리**는 사람으로서 지켜야 할 도리를 가리키는 말이에요.

의무
義(옳을 의) 務(힘쓸 무)

의무는 사람으로서 마땅히 해야만 하는 일이에요. 국민의 의무에는 나라를 지킬 '국방의 의무', 세금을 내는 '납세의 의무', 모든 국민이 교육을 받을 '교육의 의무', 일을 해야 하는 '근로의 의무'가 있답니다.

주의
主(주인 주) 義(옳을 의)

주의란 어떤 주장이나 체계화된 이론이에요. '민주주의'는 국민이 주인이 되어 정치가 이루어지는 체제, '공산주의'는 재산을 공동으로 갖는 체제, '자본주의'는 생산 활동을 자유롭게 하는 체제, '사회주의'는 사회 전체의 이익을 중시하는 체제예요.

강의
講(익힐 강) 義(옳을 의)

강의는 대학이나 학원에서 학문이나 기술 등을 설명하고 가르치는(익힐 강, 講) 것을 말해요. 비슷한말로 '강연'이 있어요.

의병
義(옳을 의) 兵(군사 병)

'의로운 군사'인 **의병**은 나라가 위급하거나 위험에 빠졌을 때, 스스로 나서서 싸우는 사람을 말해요.

의사
義(옳을 의) 士(선비 사)

손가락까지 자르고 조국의 독립을 위해 목숨을 바쳐 투쟁했던 안중근 의사처럼, **의사**란 나라를 위하여 제 몸을 바쳐 일하려는 의로운 뜻을 가진 사람이에요.

의형제
義(옳을 의) 兄(맏 형) 弟(아우 제)

의형제란 남남이지만 마치 친형제나 친척처럼 의리(옳을 의, 義)로 맺은 형과 동생(맏 형 兄, 아우 제 弟)을 일컬어요.

동의어 / 반의어
同(한가지 동) 義(옳을 의)
語(말씀 어) 反(돌이킬 반)

'해'와 '태양'처럼 뜻이 같은 말을 **동의어**라고 해요. **반의어**는 '밝음'과 '어두움'처럼 서로 반대되는 뜻의 낱말, '다의어'는 두 가지 이상의 뜻을 가진 낱말이에요.

나라를 위해 스스로 일어난 의병

의병은 스스로 일어나 싸운 의로운 병사라는 뜻이에요. 양반과 상민, 천민 등 신분을 가리지 않고 참여한 의병들은 나라가 위태로울 때 스스로 병사가 되어 나라를 위해 싸웠어요.

〈나라를 지키기 위한 의병 활동〉

의병은 임진왜란(1592) 때와 명성 황후가 시해된 을미사변(1895년), 일본의 지배를 받던 일제 강점기 때 가장 활발하게 활동했어요. 임진왜란이 일어나자 곽재우와 고경명, 조헌 등이 의병을 일으켰고, 이들이 이끄는 의병 부대들이 크게 활약하며 이름을 떨쳤어요. 의병들은 처음에는 자기 마을을 지키기 위해 모였고, 마을에서 왜군을 쫓아내기 위해 치열하게 싸웠어요. 을미사변 이후에는 서울과 부산, 원산 등 일본인이 많이 살고 있는 지역을 중심으로 의병 활동이 활발하게 일어났는데, 이때 의병들은 나라를 되찾기 위해 일제에 맞서 싸웠어요. 오로지 나라를 구하겠다는 한결같은 마음으로 어떤 대가도 바라지 않고 싸운 의병들은 1910년, 대한 제국이 일제에 주권을 빼앗긴 이후에도 끊임없이 독립 투쟁을 이어 나갔답니다.

1895년 을미년에 일어난 을미 의병은 같은 해 발생한 을미사변을 계기로 일어난 의병이에요. 1905년 을사년에 일어난 을사 의병은 같은 해 강제로 맺은 을사늑약이 계기가 되어 발생한 의병이지요. 정미 의병은 1907년 정미년에 고종이 퇴위당하고 군대가 해산되면서 일어난 의병이에요.

1 문장에 알맞은 낱말을 골라 좋아하는 색으로 칠해 보세요.

① 웃어른께 인사를 잘하면 예의 / 주의 가 바르다고 칭찬하셔.

② 그는 나쁜 사람을 용서하지 않는 강의 / 정의 로운 사람이야!

③ 우리 형과 너희 형이 의사 / 의형제 를 맺었대.

④ 우리는 환경을 보호할 의리 / 의무 가 있어.

⑤ '인간'의 동의어 / 다의어 는 '사람'이에요.

2 보기 의 낱말들이 어떤 관계에 있는 말인지 바르게 말하는 청개구리를 찾아 ○ 하세요.

보기
① 외면(바깥 외 外, 낯 면 面) – 내면(안 내 內, 낯 면 面)
② 고음(높을 고 高, 소리 음 音) – 저음(낮을 저 低, 소리 음 音)

동의어

반의어

다의어

동음어

3 속뜻짐작 다음 글을 읽고, 빈칸에 들어갈 낱말을 골라 보세요. (   )

유비, 관우, 장비는 복숭아나무 아래에 모여 형제의 의를 맺기로 했어요. 이처럼 뜻이 맞는 사람끼리 어떤 목적을 이루기 위해 함께 행동하는 것을 비유할 때 '   '라고 해요.

① 의남매   ② 의사   ③ 도원결의   ④ 애국 열사

흰 복숭아를 한자로는 백도라고 하지!

66

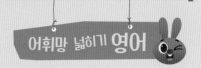

'민주주의'의 반대말은 '독재주의'예요. '공산주의'의 반대말은 '자본주의'이지요.
이 말들을 영어로 알아볼까요?

정치 체제

democracy (민주주의) ⟷ dictatorship (독재주의)

'군중'을 뜻하는 demo와 통치를 뜻하는 cracy가 합쳐져서 생긴 낱말이에요. 군중, 즉, 국민이 주인이 되어 통치하는 정치 체제를 말해요. 민주주의가 옳다고 믿는 사람인 '민주주의자'는 democrat이에요.

dictator는 혼자 마음대로 정치를 하는 '독재자'를 말해요. 여기에 '~한 상태'라는 뜻을 가진 -ship이 붙어서 독재자가 정치하는 상태를 뜻하는 '독재주의'가 되었어요.

국민의! 국민에 의한! 국민을 위한!

나를 따르라!

2주 4일
학습 끝!

붙임 딱지 붙여요.

경제 체제

capitalism (자본주의) ⟷ communism (공산주의)

'자본', '자금'이라는 뜻의 capital에 '~주의'를 뜻하는 -ism이 합쳐져서 만들어진 낱말이에요. 자본주의는 각자 열심히 일한 만큼 자본(capital)을 가져갈 수 있는 체제에요. '자본주의자'는 capitalist라고 해요.

공산주의는 공동체의 재산이 모두에게 공평하게 속하는 사회 제도를 말해요. communism이라는 낱말 속 commune는 '다른 사람과의 나눔'을 뜻하는 라틴어에서 나왔어요. '공산주의자'는 communist예요.

정부

QR 찍고 발음 듣기

판(判)이 들어간 낱말 찾기

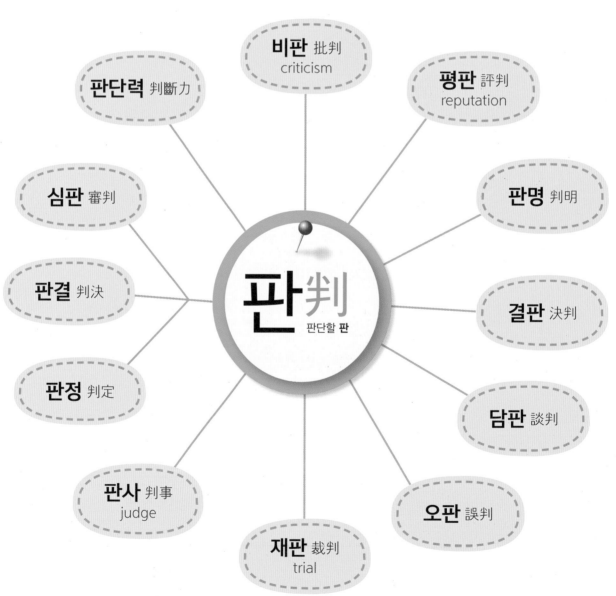

1 낱말의 뜻풀이와 한자 힌트를 보고, 알맞은 낱말을 낱말 판에서 찾아 써 보세요.

판	판	사	오	평
단	법	칙	판	판
력	결	판	민	논
판	명	심	판	리
비	판	증	담	판

① 사물을 올바르게 보고 판별하여 결정하는 **능력** [한자 힌트!] 힘 력/역(力)

② 행동이나 사물의 옳고 그름 등을 판단해서
　밝히거나 **지적하는 것** [한자 힌트!] 비평할 비(批)

③ 어떤 사실을 판단해서 뚜렷하게 **밝히는 것** [한자 힌트!] 밝을 명(明)

④ 세상 사람들의 **평가** [한자 힌트!] 평론할 평(評)

⑤ 옳고 그름을 끝까지 가려서 **결정하는 것** [한자 힌트!] 결단할 결(決)

⑥ 어떤 문제나 일을 **살펴보고** 잘잘못을 가려
　결정을 내리는 일 [한자 힌트!] 살필 심(審)

⑦ 서로 맞서 있는 두 사람이 **의논을 해서**
　옳고 그름을 가리는 일 [한자 힌트!] 말씀 담 (談)

⑧ 잘못 보거나 **그릇되게** 판단하는 것 [한자 힌트!] 그릇될 오(誤)

⑨ 법정에서 판결 내리는 **일**을 하는 사람 [한자 힌트!] 일 사(事)

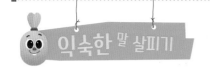

지금 필요한 건 빠른 판단력!

판단력
判(판단할 판) 斷(끊을 단) 力(힘 력/역)

운동 경기를 보면서 선수들의 순간적인 판단력에 감탄할 때가 있죠? **판단력**은 사물을 올바르게 보고 결정하는 능력을 말해요.

비판
批(비평할 비) 判(판단할 판)

비판이란 행동이나 사물의 옳고 그름, 좋은 것과 나쁜 것 등을 판단해서 밝히거나 지적하는 거예요. 비슷한말로는 '비평(비평할 비 批, 평론할 평 評)'이 있어요.

평판
評(평론할 평) 判(판단할 판)

'세상 사람들의 평가'라는 뜻인 **평판**은 '평판이 좋다, 나쁘다'처럼 쓰여요. 같은 뜻을 가진 낱말로는 '모든 사람들이 인정하는 평판'이라는 뜻의 '정평(정할 정 定, 평론할 평 評)'이 있어요.

판명
判(판단할 판) 明(밝을 명)

판명이란 어떤 사실을 판단해서(판단할 판, 判) 뚜렷하게 밝힌다(밝을 명, 明)는 뜻이에요. 비슷하게 쓰는 말로는 옳고 그름을 판단하여 구별하는 '판별(판단할 판 判, 다를 별 別)'이 있어요.

결판
決(결단할 결) 判(판단할 판)

너희들 왜 우니?

눈싸움 최후의 결판!

누가 옳고 그른지, 또는 누가 이기고 졌는지를 끝까지 가려서 결정하는 것을 **결판**이라고 해요.

담판
談(말씀 담) 判(판단할 판)

담판이란 서로 뜻이 다른 두 사람이 의논을 해서 옳고 그름을 가리는 일이에요. 주로 말로써 판단하기 때문에 '말씀 담(談)' 자를 써요.

오판
誤(그릇될 오) 判(판단할 판)

오판이란 잘못 보거나 그릇되게(그릇될 오, 誤) 판단하는(판단할 판, 判) 것을 말해요. 법원에서 판사가 잘못된 판결을 할 때나 경기에서 심판이 잘못된 판정을 내릴 때 오판했다고 해요.

재판
裁(옷 마를 재) 判(판단할 판)

사람들 간에 크고 작은 다툼이 생기면 재판을 해요. **재판**은 옳고 그름을 따져 판단하는 일이지요. 어떤 사건을 해결하기 위해 법원에서는 재판을 통해 법에 따라 판결을 내리고 사람들 사이의 갈등을 해결해 주어요.

판사
判(판단할 판) 事(일 사)

판사는 법정에서 검사와 변호사가 벌이는 논쟁의 옳고 그름과 변호사나 증인의 진술을 보고 판결을 내리는 법관이에요.

심판 / 판결
審(살필 심) 判(판단할 판)
決(결단할 결)

심판이란 어떤 문제와 관련된 일이나 사람에 대해 잘잘못을 가려서 결정을 내리는 일이고, **판결**은 옳고 그름이나 좋고 나쁨을 판단해서 결정하는 것, '판정'은 판단해서(판단할 판, 判) 정한다(정할 정, 定)는 뜻이에요.

사회 질서를 지키는 법과 재판

모든 사람이 행복하게 사는 질서 있는 사회를 만들기 위해서는 법이 필요해요. 법원은 법에 따라 옳고 그름을 따져 사람들 사이에서 생긴 갈등을 해결해 주고, 사회나 개인에게 피해를 준 사람에게는 벌을 주어 사회 질서가 유지되도록 하지요. 법원에서 이루어지는 재판은 사건의 성격에 따라서 몇 가지로 나눌 수 있어요.

우리나라 대법원에는 저울과 법전을 든 법의 여신상이 있어.

저울은 공평하게 옳고 그름을 가리겠다는 의미야.

법전은 법을 엄격하게 집행하겠다는 뜻이지.

〈사건의 성격에 따른 재판의 종류〉

민사 재판

민사 재판의 '민(백성 민, 民)'은 백성이라는 뜻이에요. 개인 간의 계약 문제, 재산 문제 등 개인과 개인 사이에 벌어지는 다툼을 해결하는 재판이에요.

형사 재판

형사 재판의 '형(형벌 형, 刑)'은 벌을 내린다는 뜻이에요. 사람을 다치게 하는 등 사회 질서를 어지럽히는 범죄를 저지른 사람에게 벌을 주기 위한 재판이에요.

행정 재판

행정 재판은 나랏일을 하는 기관이 개인에게 손해를 입혔을 때 그것을 바로잡기 위한 재판이에요.

군사 재판

군사 재판은 군인의 형사 사건을 해결하는 재판으로 군사 법원이라는 특별 법원에서 따로 실시해요.

1 법원에서 재판이 열렸어요. 방청객의 대화에 알맞은 낱말을 골라 ○ 하세요.

그동안 저지른 저 사람의 나쁜 짓이 오늘 재판에서 (판명 / 비판)이 날까요?

훌륭하신 판사님이라 절대 (오판 / 평판)하지 않으실 거야.

2 신문 기사 제목의 빈칸에 공통으로 들어갈 낱말을 보기에서 찾아 써 보세요.

튼튼해 건설, 올해 건설 회사 브랜드 [ ][ ] 1위!

세계 대학 [ ][ ] 순위 발표, ○○대학교 46위, 국내 1위!

기업 [ ][ ] 좋은 곳으로 인재들 몰렸다!

보기   평판   심판   오판   판명

3 속뜻짐작 다음 글을 읽고, 빈칸에 알맞은 낱말을 골라 보세요. (   )

저는 미술품이 진짜인지 가짜인지를 [ ]하는 미술품 감정사예요.

① 결판   ② 판별   ③ 담판   ④ 정평

72

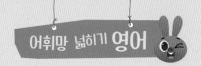

재판에는 여러 사람들이 참여해요.
재판과 관련 있는 사람들을 뜻하는 단어를 영어로 알아볼까요?

judge

judge는 '판사', '심판', '심사 위원'을 뜻하는 낱말이에요. 판사는 재판에서 판결을 내리는 사람이에요.

2주 5일
학습 끝!

붙임 딱지 붙여요.

prosecutor

prosecutor는 '검사', '검찰'이라는 뜻이에요. 검사는 범죄가 발생하면 수사하고 범인을 잡아 사회 정의를 구현해요. '정의를 구현하다'는 do justice라고 해요. justice는 '정의'라는 뜻이에요.

lawyer

lawyer는 '변호사'라는 뜻이에요. 변호사는 재판에 관련된 모든 업무를 도와주고 법정에서 피고인을 변호하는 사람이에요. '변호하다'는 defend인데, '수비하다'라는 뜻을 가지고 있어요. 미국에서는 변호사를 attorney라고도 해요.

QR 찍고 발음 듣기

적에게 꿇어 엎드리는 '항복'

항복(항복할 항/내릴 강 降, 엎드릴 복 伏):
적이나 상대편의 힘에 눌려 머리를 숙이고 복종하는 거예요.

정말로 어리석은 짓이었네.

그래서 매일매일 후회하고 반성하며 살고 있지.

날 용서하게!

자네 혹시 '항복'이라는 말을 아나?

엥? 항복?

'항복'이란 적이나 상대의 힘에 눌려 굴복하는 것을 뜻하지.

내가 졌네……

그래서 나는 자네에게 항복 한다고 말하는 것이네.

항복

그런데 바로 어제도 똑같은 말을 했지.

무슨 말인지 ???

자네에게 항복하는 게 벌써 열두 번째라고!

그만 좀 와!! 금붕어야!!

내가 그랬다고?

75

contents

토닥이와 함께
파이팅!

PART 2

PART2에서는 상대어나 주제어를 중심으로
관련이 있는 낱말들을 연결해서 배워요.

동(同)과 이(異) 비교하기

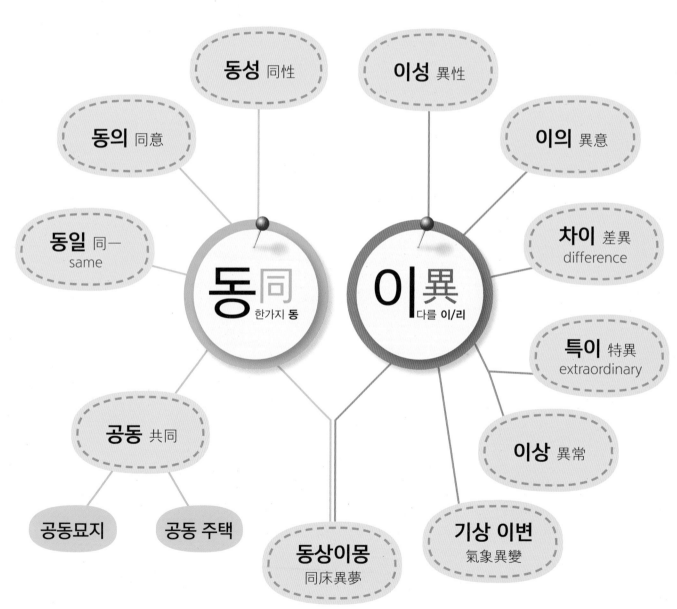

1 징검다리 돌 중에 '같다'는 뜻이 담겨 있으면 안전한 돌이래요. 친구가 무사히 강을 건널 수 있게 안전한 돌에 ○ 하세요.

동성 vs 이성
同(한가지 동) 性(성품 성)
異(다를 이/리)

남성과 여성에서 '성'은 '성별(성품 성 性, 다를 별 別)'을 뜻해요. 같은(한가지 동, 同) 성별은 **동성**, 성별이 다른 것(다를 이/리, 異)은 **이성**이라고 해요.

 우리는 동성!
 우리는 이성!

동의 vs 이의
同(한가지 동) 意(뜻 의)
異(다를 이/리)

학급 회의를 하거나 친구들이 여럿 모여 있을 때 누군가가 어떤 의견을 냈어요. 이 때 친구의 의견과 같은(한가지 동, 同) 의견이면 **동의**, 다른(다를 이/리, 異) 의견은 **이의**라고 해요.

동일 vs 차이
同(한가지 동) 一(한 일)
差(어긋날 차) 異(다를 이/리)

동일은 어떤 것과 비교해서 똑같다는 뜻이고 **차이**는 서로 같지 않고 나르다는 뜻이에요.

우리 차이 나?
아니, 동일해!

공동
共(함께 공) 同(한가지 동)

공동은 두 사람 이상이나 단체가 함께 일을 하거나, 같은 자격으로 관계를 가진다는 뜻이에요. '공동묘지'는 여러 사람이 함께 묻힌 묘지, '공동 주택'은 한 건물 안에 여러 가구가 함께 사는 주택을 말해요.

특이 / 이상
特(특별할 특) 異(다를 이/리)
常(항상 상)

 어머! 전 사과 특이 체질이에요!

특이는 특별하게(특별할 특, 特) 다르다(다를 이/리, 異)는 뜻이에요. '독특'과 '특별'도 같은 뜻으로 쓰여요. 그리고 정상적인 상태와 다를 때는 **이상**하다고 해요.

기상 이변
氣(기운 기) 象(코끼리 상)
異(다를 이/리) 變(변할 변)

사막에 눈이 40cm가 쌓일 정도로 많이 내린다거나 한겨울인데 갑자기 여름처럼 폭우가 쏟아지는 '전에 없던 이상한 날씨'를 **기상 이변**이라고 해요.

동상이몽
同(한가지 동) 床(평상 상)
異(다를 이/리) 夢(꿈 몽)

'동상'은 같은(한가지 동, 同) 잠자리(평상 상, 床)라는 뜻이에요. 다른(다를 이/리, 異) 꿈(꿈 몽, 夢)을 꾼다는 뜻의 '이몽'과 더해진 **동상이몽**은 같은 곳에서 자면서 다른 꿈을 꾼다는 거예요. 겉으로는 같은 입장처럼 보이지만 속으로는 다른 생각을 한다는 뜻이랍니다.

알쏭달쏭한 동음이의어

두 개 이상의 낱말이 같은 소리로 읽히지만 뜻은 다른 낱말을 동음이의어라고 해요. 예를 들어, '배'라는 낱말을 사전에서 찾아보면 다음과 같아요.

- 배① : 몸에서 가슴과 다리 사이에 있는 몸의 앞부분
- 배② : 물 위에 떠서 사람이나 짐을 싣고 다니는 교통수단
- 배③ : 배나무의 열매
- 배④ : 같은 수나 양을 여러 번 합한 만큼의 분량

배①은 '몸의 한 부위'를 일컫는 낱말이고, 배②는 '탈것', 배③은 '과일', 배④는 '세는 말'이에요. 동음이의어는 이렇게 소리만 같고 낱말의 뜻은 서로 다르기 때문에, 뜻을 알기 위해서는 그 낱말이 쓰인 앞뒤 내용을 잘 읽어 봐야 해요.

① 아이스크림을 많이 먹었더니 **배**가 아파.

② 해적들은 **배**를 타고 섬으로 갔어.

③ 까마귀 날자 **배** 떨어진다.

④ 형의 키는 내 키의 딱 두 **배**다.

1 서로 반대되는 뜻을 가진 낱말끼리 선으로 이어 보세요.

동일	•	•	이의
동의	•	•	차이
동성	•	•	이성

2 ( ) 안에서 알맞은 낱말을 골라 ○ 하세요.

① 그 사람은 눈에 띄게 (**특이** / **동의**)한 머리 모양을 하고 있었어요.

② 아파트 같은 (**공동** / **동성**) 주택에서는 층간 소음을 조심해야 해.

③ 열대 지방에 눈이 내리는 (**기상 이변** / **동상이몽**)이 일어났대.

④ 문밖에서 (**이상** / **동일**)한 소리가 나서 무서웠다.

3 속뜻짐작 문장에 어울리는 낱말을 보기에서 골라 빈칸에 써 보세요.

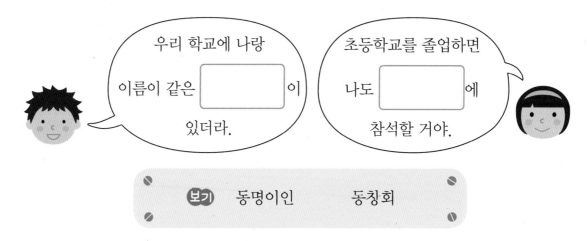

우리 학교에 나랑 이름이 같은 [   ]이 있더라.

초등학교를 졸업하면 나도 [   ]에 참석할 거야.

보기   동명이인   동창회

영어에는 반대의 뜻을 나타나는 다양한 접두사가 있어요.
그 중에서 dis-와 extra-를 함께 살펴볼까요?

agree		**disagree**
동의하다		동의하지 않다 이의를 제기하다

ordinary		**extraordinary**
일상적인 평범한		특이한 특별한

3주 1일
학습 끝!

붙임 딱지 붙여요.

QR 찍고 발음 듣기

상(賞)과 벌(罰) 비교하기

퀴즈 대회에서 똘이가 수상했대.

왜 수상했대? 설마 부정 행위를 저지른 거야?

아니, 퀴즈 대회에서 상을 탔다고!

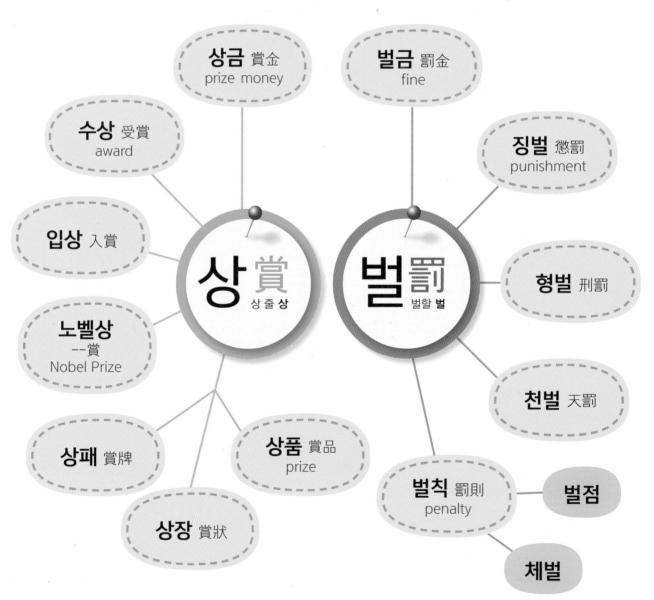

상금 賞金 prize money

벌금 罰金 fine

수상 受賞 award

징벌 懲罰 punishment

입상 入賞

형벌 刑罰

노벨상 --賞 Nobel Prize

천벌 天罰

상패 賞牌

상품 賞品 prize

벌칙 罰則 penalty

벌점

상장 賞狀

체벌

상賞 상줄 상

벌罰 벌할 벌

84

1 동물 친구들이 설명하는 낱말을 찾아 연결하고, 그 낱말이 들어갈 문장과 연결해 보세요.

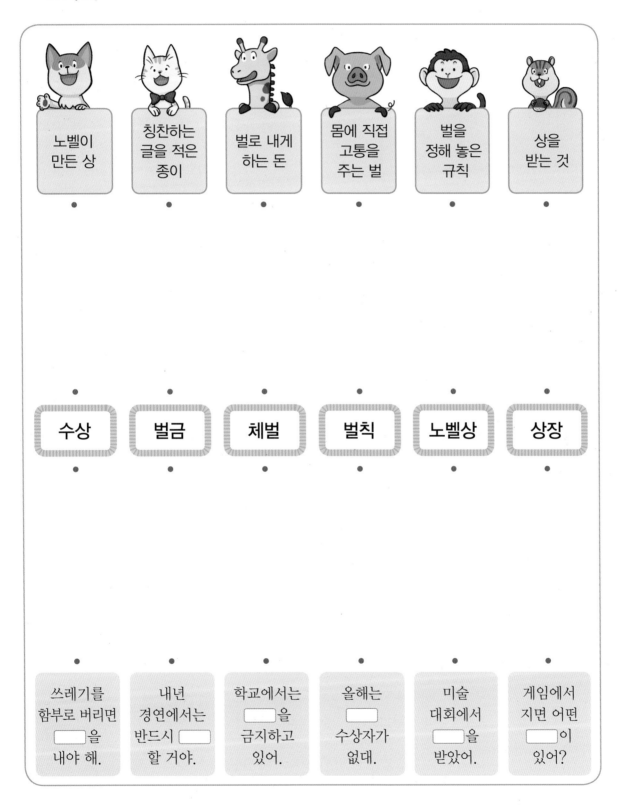

노벨이 만든 상

칭찬하는 글을 적은 종이

벌로 내게 하는 돈

몸에 직접 고통을 주는 벌

벌을 정해 놓은 규칙

상을 받는 것

수상   벌금   체벌   벌칙   노벨상   상장

쓰레기를 함부로 버리면 □을 내야 해.

내년 경연에서는 반드시 □을 할 거야.

학교에서는 □을 금지하고 있어.

올해는 □ 수상자가 없대.

미술 대회에서 □을 받았어.

게임에서 지면 어떤 □이 있어?

상금 vs 벌금
賞(상 줄 상) 숲(쇠 금) 罰(벌할 벌)

상금이란 상으로(상 줄 상, 賞) 주는 돈(쇠 금, 숲)이에요. 무엇을 모집하거나 사람을 찾는 값으로 주는 돈은 '현상금'이에요. 벌금은 법이나 약속을 어긴 것에 대한 벌로(벌할 벌, 罰) 내게 하는 돈(쇠 금, 숲)인데, 특히 법을 어겨서 그에 해당하는 벌로 내는 돈은 '범칙금(범할 범 犯, 법칙 칙 則, 쇠 금 숲)'이라고 해요.

수상 / 징벌
受(받을 수) 賞(상 줄 상)
懲(징계할 징) 罰(벌할 벌)

수상에 성공했어.

"이번 대회에서 누가 수상할까?"라는 말에서 수상은 '상(상 줄 상, 賞)을 받는다(받을 수, 受)'는 뜻이에요. 그리고 징벌은 옳지 못한 일을 하거나 나쁜 짓을 한 사람에게 벌을 주는 것을 뜻해요. 흔히 '악한 자를 징벌하다.'라고 쓰지요.

입상
入(들 입) 賞(상 줄 상)

어떤 대회에서 입상을 했다고 하면 몇 등을 했는지는 알 수 없지만 상을 탈 수는 있다는 의미예요. 입상은 상을 탈 수 있는(상 줄 상, 賞) 등수 안에 들었다(들 입, 入)는 뜻이랍니다.

노벨상
賞(상 줄 상)

노벨상은 인류를 위해 큰일을 한 사람에게 주는 상이에요. 다이너마이트를 발명한 스웨덴의 화학자 '노벨'의 이름을 딴 노벨상은 해마다 물리학·화학·생리의학·문학·평화·경제학의 여섯 가지 상을 수여해요.

상패 / 상장
賞(상 줄 상) 牌(패 패)
狀(문서 장)

잘한 일을 칭찬하기 위해서 주는 상에는 여러 형태가 있어요. 상패는 상을 주기 위해 그 의미를 적어 넣은 조각이고, 상장은 칭찬하는 글을 적은 종이예요. 또 '상품'은 상으로 주는 물건이에요.

형벌
刑(형벌 형) 罰(벌할 벌)

형벌이란 죄를 지은 사람에게 법에 따라 국가가 주는 벌이에요. 줄여서 '형(刑)'이라고도 해요. '형을 집행하다.', '형을 선고하다.'라고 표현해요.

천벌
天(하늘 천) 罰(벌할 벌)

천벌은 하늘(하늘 천, 天)이 내린 벌(벌할 벌, 罰)이라는 뜻이에요. 초자연적인 존재인 신이 내리는 벌이라서 훨씬 강력하고 무서운 느낌이 들어요.

벌칙
罰(벌할 벌) 則(법칙 칙)

벌칙은 약속이나 법을 어겼을 때 주는 벌에 대해 정해 놓은 규칙이에요. 벌칙 중에 '벌점'은 잘못한 것을 점수로 계산하는 것이고, '체벌'은 몸에 직접 고통을 주는 거예요.

벌점 15점

조선 시대의 형벌

조선 시대에는 사람이 죄를 지으면 법에 따라 형벌을 받았는데 크게 태형, 장형, 도형, 유형, 사형이 있었어요. 이 다섯 가지 형벌을 '오형'이라고 불렀고, 죄인이 저지른 범죄에 따라 다르게 처벌했어요. 다섯 가지 형벌에 대해 알아볼까요?

태형	태형은 죄인의 볼기를 매로 치던(볼기 칠 태, 笞) 형벌(형벌 형, 刑)이었어요. 보통 가벼운 죄를 지었을 때 태형을 내렸는데, 회초리로 엉덩이를 10대에서 50대 정도 때린 후에 용서해 주었어요.
장형	장형은 배를 젓는 노처럼 생긴 넓적하고 긴 매로 엉덩이를 때리는 벌이에요. 이 매가 '곤장'인데, 큰 의미로 '곤장으로 엉덩이를 때리는 형벌'이라는 뜻을 가지고 있어요. 여섯 대요! 아얏! 일곱 대 아니에요?
도형	도형은 오늘날 교도소에 가두는 징역형과 비슷해요. 보통 죄가 무거울 때 내리는데, 1년에서 3년 정도 관아에 가두고 일을 시켰어요. '관아'는 예전에, 벼슬아치들이 모여 나랏일을 처리하던 곳이야.
유형	유형은 죄인을 외딴 시골이나 섬 등 아주 먼 곳으로 보내서 일정 기간 동안 그곳에서만 지내게 하는 벌이에요. 이제 가면 언제 오나~. 흑흑.
사형	사형은 가장 무서운 형벌로 죄인의 목숨을 끊는 벌이에요. 사형 방법 중 '사약'은 정부 고위 관료나 왕실 가족에게만 내려졌다고 해요. 명예롭게 죽을 수 있도록 배려한 것인데, 일반 서민들처럼 관아에서 처벌받지 않고 왕이 직접 죄를 묻고 심판하는 경우가 많았어요. 사약은 먹어서 죽는(죽을 사, 死) 약이 아니라, 임금이 주는(줄 사, 賜) 약이라는 뜻이야.

치도곤은 '다스릴 치(治)', '도둑 도(盜)', '몽둥이 곤(棍)' 자가 합쳐진 것으로 조선 시대에 죄인의 볼기와 허벅다리를 번갈아 치던 형벌 도구예요. 태형이 나뭇가지로 만든 회초리로 때렸다면, 치도곤은 버드나무로 만든 길고 넓적한 매로, 절도범을 때릴 때 쓰였어요.

1 밑줄 친 낱말이 '상'과 '벌' 중 어느 것과 관련이 있는지 색칠해 보세요.

① 죄를 지은 사람은 법에 따라 **형벌**을 받아.

| 상 | 벌 |

② 이번 대회 우승 **상금**이 얼마야?

| 상 | 벌 |

③ 사람의 목숨을 빼앗는 짓을 하면 **천벌**을 받아 마땅해!

| 상 | 벌 |

④ 형무소에서 규칙을 어긴 죄수는 **징벌**방에 가둔대.

| 상 | 벌 |

⑤ 모범생으로 선정되어서 **상장**을 받았어요!

| 상 | 벌 |

2 빈칸에 들어갈 낱말을 보기에서 골라 써 보세요.

이번 경기에서 1등으로 ☐ 할 거야.

1등 하면 뭐 받고 싶어? 상으로 주는 돈인 ☐, 상으로 주는 물건인 ☐ 이 있대.

보기   입상   상금   상품

3 속뜻 짐작 ㉮와 ㉯에 들어갈 낱말을 바르게 짝지은 것을 골라 보세요. (   )

이 학생에게는 ㉮ 을 수여하겠습니다.

나는 결석을 하루 하는 바람에 저 상을 못 탔어.

넌 공부를 잘해서 ㉯ 이라도 탔지만 난 아무 상도 받지 못했어.

① ㉮ 개근상, ㉯ 인기상   ② ㉮ 우등상, ㉯ 개근상

③ ㉮ 개근상, ㉯ 우등상   ④ ㉮ 효행상, ㉯ 우등상

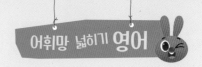

노벨상은 스웨덴의 화학자인 알프레드 노벨의 이름을 딴 상이에요.
세계에서 가장 권위 있는 상으로 꼽히는 노벨상을 영어로 알아볼까요?

Nobel Prize in Physics

Nobel Prize in Physics는 '노벨 물리학상'이에요. physics는 '물리학'을 뜻해요. 첫 번째 노벨 물리학상은 1901년, 엑스선을 발견한 독일의 빌헬름 콘라트 뢴트겐에게 수여되었어요.

Nobel Peace Prize

Nobel Peace Prize는 '노벨 평화상'이에요. peace는 '평화'를 뜻해요. 이 상은 세계의 평화를 위해 공헌한 인물이나 단체에게 주고 있어요. 1901년, 국제 적십자 위원회를 만든 앙리 뒤낭이 최초로 받았고, 2000년에는 김대중 대통령이 우리나라 최초로 노벨 평화상을 수상했어요.

알프레드 노벨

스웨덴 왕립 과학원

3주 2일
학습 끝!

붙임 딱지 붙여요.

Nobel Prize in Chemistry

Nobel Prize in Chemistry는 '노벨 화학상'이에요. chemistry는 '화학'을 뜻해요. 노벨 물리학상 수상자이기도 한 마리 퀴리 부인이 라듐을 분리해 낸 공로로 1911년에 노벨 화학상을 타면서 최초로 2회 수상자가 되었어요.

Nobel Prize in Literature

Nobel Prize in Literature는 '노벨 문학상'이에요. literature는 '문학'을 뜻해요. 전 세계의 문학 부문에서 인류를 위해 크게 기여한 작가에게 주어져요. 1938년에 소설 〈대지〉로 유명한 미국의 펄 벅이 여성 최초로 이 상을 차지하기도 했어요.

QR 찍고 발음 듣기

명(明)과 암(暗) 비교하기

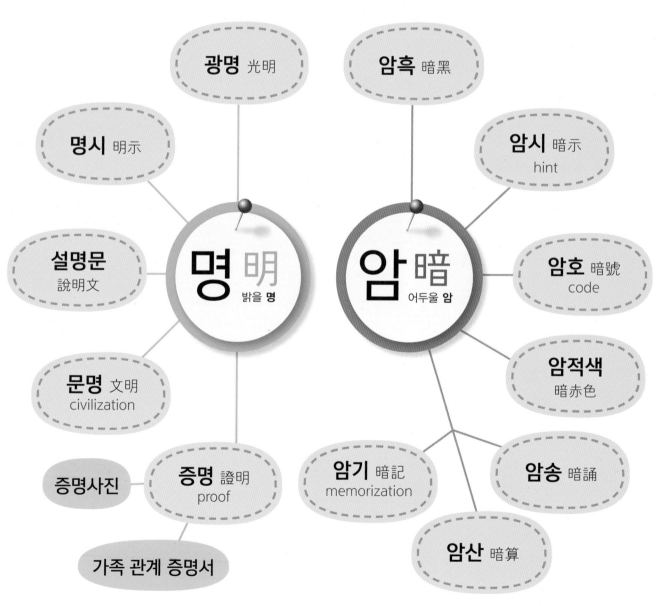

광명 光明

암흑 暗黑

명시 明示

암시 暗示
hint

설명문 說明文

명 明
밝을 명

암 暗
어두울 암

암호 暗號
code

문명 文明
civilization

암적색
暗赤色

증명사진

증명 證明
proof

암기 暗記
memorization

암송 暗誦

가족 관계 증명서

암산 暗算

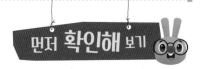

1 친구가 암호 편지를 보냈어요. 낱말의 뜻풀이와 힌트를 참고하여 알맞은 낱말을
골라 색칠해 보세요. 편지의 암호를 모두 풀면 친구의 마음을 볼 수 있어요.

① 비밀을 유지하기 위해 정해 놓은 부호나 신호 힌트! 우리끼리만 아는 [ ]를 정하자.

② 인간의 생활이 발전된 상태 힌트! [ ]국은 국민의 생활 수준이 높은 나라야.

③ 글을 보지 않고 입으로 외우는 것 힌트! 시를 [ ]해 봐.

④ 본 것을 머릿속으로 외어서 잊지 않는 것 힌트! 나만의 [ ] 방법이 있지.

⑤ 밝고 환함. 힌트! 자수해서 [ ] 찾자!

⑥ 어떤 사실이 참인지 거짓인지 밝히는 것 힌트! 거짓말이 아닌지 [ ]해야 해.

⑦ 머릿속으로 계산하는 것 힌트! 써 보지 않고 계산하는 [ ]은 어려워.

⑧ 증명서에 붙이는 작은 크기의 얼굴 사진 힌트! 회원증을 만들려면 [ ]을 붙여야 해.

⑨ 넌지시 알리는 것 힌트! 까마귀는 불길한 사건을 [ ]하지.

⑩ 어떤 사실을 설명하는 글 힌트! 문화재에 대한 [ ] 쓰기가 숙제야.

증인	광명	우정	암호	편지
증명	암적색	암송	명인	암산
설명문	명시	문화	흑암	증명사진
부호	암시	암석	문명	암석
일기	논설문	암기	명사	암초

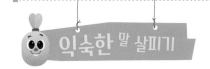

광명 vs 암흑
光(빛 광) 明(밝을 명)
暗(어두울 암) 黑(검을 흑)

'밝고 환함'을 뜻하는 **광명**은 밝은 미래나 희망을 나타내는 의미로 사용하기도 해요. 반대로 **암흑**은 매우 껌껌하거나 어두운 것을 뜻하며, 희망이 없고 절망적인 상태를 비유적으로 표현할 때 사용하기도 해요.

명시 vs 암시
明(밝을 명) 示(보일 시)
暗(어두울 암)

명시란 분명하게(밝을 명, 明) 드러내 보인다(보일 시, 示)는 뜻이에요. 반대말은 넌지시 알린다는 뜻의 **암시**예요. 직접 드러내지 않고 가만히 알리는 것인데, 문학에서는 어떤 뜻을 드러내지 않고 짐작할 수 있게 간접적으로 나타내는 표현법으로 사용해요.

설명문
說(말씀 설) 明(밝을 명)
文(글월 문)

글을 읽는 사람이 이해하기 쉽게 자세하게 쓴 글은 **설명문**이에요. 어떤 지식이나 정보를 사실대로 전달해야 하기 때문에 글을 쓴 사람의 주장이나 생각이 들어가면 안 되고 사실만 써야 해요.

문명
文(글월 문) 明(밝을 명)

문명은 학문, 예술, 도덕, 종교 등 인간의 생활이 발전한 상태를 뜻해요. 문명이 발달한 나라는 '문명국', 문명이 발달한 사회에 사는 사람들은 '문명인'이라고 해요.

증명
證(증거 증) 明(밝을 명)

어떤 사실이 참인지 거짓인지 밝히는 것을 **증명**이라고 해요. 어떤 사실이나 신분을 증명해 주는 문서는 '증명서', 증명서 등에 붙이는 작은 얼굴 사진은 '증명사진', 출생이나 사망, 가족 관계에 관한 증명서는 '가족 관계 증명서'라고 해요.

암호
暗(어두울 암) 號(이름 호)

암호란 어떤 내용을 남모르게 전달할 수 있게 정해 놓고 사용하는 부호나 기호예요. 군대에서는 '암구호(어두울 암 暗, 입 구 口, 이름 호 號)'라 하는데 어두운 밤에 같은 편을 확인하기 위해 사용해요.

암적색
暗(어두울 암)
赤(붉을 적) 色(빛 색)

자전거 전용 도로처럼 일반 도로와 구분이 필요한 경우 도로의 색을 다르게 해요. 보통 짙고 어두운 붉은색을 사용하는데 이 색이 **암적색**이에요.

암기 / 암산
暗(어두울 암)
記(기록할 기) 算(셈 산)

본 것을 머릿속으로 빠짐없이 외어서 잊지 않는 것은 **암기**, 머릿속으로 하는 계산은 **암산**이에요. '암송'은 적어 놓은 글을 보지 않고 소리 내어 외우는 것을 말해요.

그림에 입체감을 주는 명암법

미술에서 '명암'은 색의 묽기나 밝기의 정도를 말할 때 쓰여요. 레오나르도 다빈치의 '모나리자'는 웃을 듯 말 듯한 모나리자의 신비로운 미소 때문에 유명해졌는데, 바로 이 미소가 명암법에 의해 표현된 거예요. 다빈치는 밑그림 위에 물감을 덧칠해서 색을 조금씩 변화시켜 섬세한 명암을 넣었어요. 그래서 모나리자의 미소가 살아 움직이듯 신비하게 보이는 것이랍니다.

명암은 반드시 빛이 있어야 표현할 수 있어요. 빛이 환하게 비치는 곳은 밝게 보이고, 빛과 멀리 떨어진 곳은 어둡게 보여요. 또한 빛의 방향에 따라 밝고 어두운 곳이 달라지지요. 명암을 이용하면 물체가 멀게 혹은 가깝게 느껴지는 원근감이나 입체감을 나타낼 수 있어요. 아래 그림처럼 검은색 하나만으로도 색의 진하기를 조금씩 다르게 해서 명암을 단계적으로 변화시키면 원근감과 입체감을 실감나게 표현할 수 있어요.

〈원근감〉

〈입체감〉

93

1 밑줄 친 낱말이 '밝다'와 관련이 있으면 밝은색 종이에, '어둡다'와 관련이 있으면 어두운색 종이에 번호를 쓰세요.

① '먹구름'은 나쁜 일이 일어날 거라는 **암시** 같아.

② 내 짝꿍은 **암산**을 나보다 훨씬 빨리 해.

③ 학급 회의를 할 때는 회의를 여는 이유를 **명시**해야 돼.

④ 수업 시간에 떠든 사람을 모두 **암기**하고 있겠어.

⑤ 네 말이 사실이라는 것을 **증명**할 수 있어?

⑥ 어두운 동굴을 빠져나오자 **광명**의 빛줄기가 비추었다.

2 신문 기사를 읽고, 빈칸에 들어갈 낱말을 보기에서 골라 써 보세요.

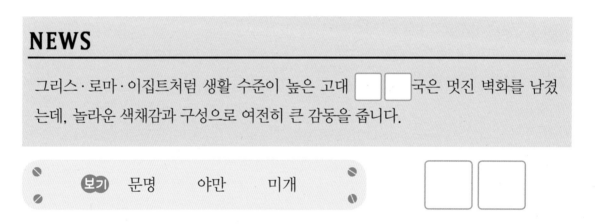

NEWS

그리스 · 로마 · 이집트처럼 생활 수준이 높은 고대 ☐☐국은 멋진 벽화를 남겼는데, 놀라운 색채감과 구성으로 여전히 큰 감동을 줍니다.

보기   문명   야만   미개   ☐☐

3 속뜻 짐작 사람들의 말을 보고, 어떤 일을 하는 사람인지 골라 보세요. (   )

① 발명가   ② 정치인   ③ 작가   ④ 교육자

이 세상에 얼마나 많은 색깔이 있는지 알고 있나요?
밝은색과 어두운색, 연한 색과 진한 색을 구분할 때 쓰는 말을 소개할게요.

light

light는 '밝은'이라는 뜻을 가지고 있는 낱말로, 색깔을 뜻하는 낱말과 만나면 본래의 색보다 밝은색을 뜻하는 낱말이 돼요. 예를 들어, light와 green이 합쳐진 light green은 '밝은 녹색', light blue는 '밝은 파란색'을 뜻해요.

deep

deep은 '짙은'이라는 뜻의 단어로, 색깔을 뜻하는 낱말과 함께 쓰이면 원래의 색깔보다 훨씬 진한색을 뜻하는 낱말이 돼요. deep brown은 '진한 갈색'을 뜻하는 '진갈색'이 되고 deep blue는 '진파란색'이 되지요.

3주 3일
학습 끝!

붙임 딱지 붙여요.

pale

pale은 '옅은', '창백한'이라는 뜻을 가진 낱말이에요. 색깔을 의미하는 낱말과 함께 쓰이면 pale pink는 '연분홍색', pale green은 '연녹색', pale purple은 '연보라색', pale blue는 '연청색'을 뜻해요.

dark

dark는 '짙은', '어두운', '검은색의'라는 뜻을 가지고 있어요. dark green은 '어두운 녹색(암녹색)'을, dark red는 '짙은 빨강(암적색)'을 뜻하고, dark blue는 어두운 파란색인 '검푸른색(암청색)'을 뜻하는 낱말이에요.

공부한 날짜
월 일

민(民)주(主)주(主)의(義)
관련 말 찾기

내가 반장이 되면 한 달에 한 번 피자를 쏠게!

오호! 너 나중에 대통령 선거에 나와라. 내가 꼭 찍어 줄게.

정말?

응! 반장이 돼도 피자를 쏘는데, 대통령이 되면 엄청 대단한 걸 사줄 거 아냐!

뭐?

선거 選擧
election

국민 주권
國民 主權

입헌주의
立憲主義

직접 민주주의
直接 民主主義

입헌 군주제
立憲 君主制

민주주의
民主主義
백성 민 주인 주 주인 주 옳을 의
democracy

간접 민주주의
間接 民主主義

삼권 분립
三權 分立

독재주의
獨裁主義

입법부

사법부

행정부

귀족주의
貴族主義

1 바른 말만 하는 참 마을 친구들과 틀린 말만 하는 거짓 마을 친구들이 섞여 있어요.
참 마을 친구들을 찾아서 ○ 하세요.

민주주의는 국민이 나라의 주인이 되고 국민의 뜻에 따라 나라를 이끄는 제도를 말해요. 민주주의에서 가장 중요하게 생각하는 것은 인간 존중, 자유, 평등이랍니다. 민주주의에 대해서 좀 더 자세히 알아볼까요?

국민 주권
國(나라 국) 民(백성 민)
主(주인 주) 權(권세 권)

링컨 대통령

우리나라의 주인은 누구일까요? 맞아요. 바로 여러분, 즉 국민이에요. 헌법 제1조 2항에는 '대한민국의 주권은 국민에게 있고, 모든 권력은 국민으로부터 나온다.'라는 국민 주권에 대한 말이 있어요. 국가 정치에 관한 최종적인 결정권이 국민에게 있다는 말이에요. 이렇게 국민이 나라의 주인이 되는 정치가 바로 민주주의예요. 미국 제16대 대통령을 지낸 링컨은 '국민의, 국민에 의한, 국민을 위한 정치'라는 말을 했는데, 여기서 '국민의'는 국가의 권력이 국민에게서 나온다는 뜻이랍니다.

선거
選(가릴 선) 擧(들 거)

우리 반의 반장을 뽑는 선거를 해 보았죠? 선거는 여러 사람 가운데 대표를 투표로 뽑는 일이에요. 선거는 일정한 나이가 되면 누구나 할 수 있고, 민주주의를 실천하는 손쉬운 활동이에요. 선거에 꼭 참여해서 소중한 한 표가 우리나라 민주주의 발전에 큰 도움이 된다는 생각을 잊지 말아요.

내 소중한 한 표를 위해서라면 이 정도 쯤이야. 으윽~!

입헌주의
입헌 군주제
立(설 립/입) 憲(법 헌)
主(주인 주) 義(옳을 의)
君(임금 군) 制(마를/법도 제)

입헌주의란 국가의 최고법인 헌법을 만들고 그 헌법에 따라 다스리는 것을 말해요. 입헌주의가 잘 실현되려면 헌법에 국민의 자유와 평등을 보장하는 내용을 담고 있어야 해요. 오늘날 민주 정치를 하는 많은 나라들은 입헌주의를 따르고 있어요. 입헌 군주제는 '헌법을 만든다'는 의미인 '입헌'과 '임금이 나라를 다스리는 제도'라는 뜻의 '군주제'가 합쳐진 낱말로 왕의 권력을 헌법으로 제한하는 정치 형태예요. 역사상 가장 오래 된 통치 형태인 입헌 군주제는 17세기 영국에서 생겨났어요.

내가 곧 국가다! 나는 군주제가 좋아.

루이 14세

삼권 분립

三(석 삼) 權(권세 권)
分(나눌 분) 효(설 립/입)

삼권분립

국가 권력을 '입법부', '사법부', '행정부'로 나눈 것을 **삼권 분립**이라고 해요. '입법부'는 법을 만드는 '국회'로 국민의 대표인 국회 의원들이 모인 기관이에요. '사법부'는 국회가 만든 법에 따라 판결을 내리는 '법원'이에요. '행정부'는 나라의 살림살이를 맡아보는 '정부'지요. 입법부, 사법부, 행정부 중 힘이 어느 한 곳에 집중되면 마음대로 나라를 다스리고 국민의 자유와 권리를 빼앗을 수 있어요. 그래서 이 셋은 권력이 분립되어 마치 삼총사처럼 서로 균형을 맞추고 있답니다.

독재주의
귀족주의

獨(홀로 독) 裁(옷 마를 재)
主(주인 주) 義(옳을 의)
貴(귀할 귀) 族(겨레 족)

독재주의란 단독의 지배자가 권력을 마음대로 휘두르는 정치를 말해요. 실제로 독일의 아돌프 히틀러는 제2차 세계 대전을 일으키고 수많은 유대인을 죽이는 독재 정치를 펼쳤어요. **귀족주의**는 소수의 특권층이 정치와 경제, 문화 등을 마음대로 주무를 수 있다는 생각을 말해요. 신분의 차이를 당연하다고 생각하고, 선택된 계층만이 가치 있는 것을 누릴 수 있다고 생각해요.

우리만 잘 살 수 있다면 뭐든 한다! 나를 따르라!

직접/간접
민주주의

直(곧을 직) 接(이을 접)
民(백성 민) 主(주인 주)
主(주인 주) 義(옳을 의)
間(사이 간)

직접 민주주의는 국민이 모두 모여 직접 정치에 참여하는 민주주의를 말해요. 민주주의가 처음 시작된 고대 그리스에서는 직접 민주주의가 가능했지만, 오늘날은 사회가 복잡하고 사람이 많아서 불가능해요. **간접 민주주의**란 국민들이 뽑은 대표를 통해 간접적으로 정치에 참여하는 제도인데, 대표로 뽑은 사람들이 국민의 뜻과는 다른 정치를 할 수 있다는 단점이 있어요. 이런 문제점을 보완하기 위해 '주민 소환제'가 있는데 이는 주민 투표를 통해 국민의 뜻을 따라 주지 않는 대표자의 자격을 빼앗는 제도예요. 그 외 중요한 정책을 주민이 직접 투표하는 '주민 투표제'도 있답니다.

이제 백만 스물두 번째 분 의견 말씀하세요!

1 다음 설명이 뜻하는 낱말 카드를 골라 ○ 하세요.

나라의 살림살이를 맡아보는 곳이에요.	입법부 행정부 사법부
국회 의원이 모인 기관이에요.	입법부 행정부 사법부
헌법을 만들고, 그에 따라 나라를 다스려요.	귀족주의 입헌주의 독재주의
법에 따라 판결을 내리는 곳이에요.	입법부 행정부 사법부

2 문장을 읽고, 빈칸에 들어갈 낱말을 보기에서 골라 써 보세요.

인도네시아 제2대 대통령 수하르토는 32년 동안 막강한 권력을 누리면서 수많은 사람들을 희생양으로 삼았어요. 이처럼 한 사람 마음대로 국가 권력을 휘두르는 정치 이념을 □□□라고 해요.

> 보기 독재주의 민주주의 귀족주의 입헌주의

3 속뜻짐작 선생님의 말씀을 잘 듣고, 빈칸에 알맞은 낱말을 골라 보세요. (   )

소풍 장소를 정하려고 하는데 원하는 장소가 너무 많으면 다수가 찬성하는 장소로 정해요. 이런 방법을 □□□의 원칙이라고 하는데, 이 원칙은 민주주의 국가에서 많은 국민이 찬성하는 의견을 따르는 결정 방식이에요.

① 다수결   ② 다양   ③ 다문   ④ 투표

민주주의란 국민의, 국민에 의한, 국민을 위한 정치를 뜻해요.
민주주의와 관련된 영어 단어를 알아볼까요?

democracy

democracy는 민주주의를 뜻하는 단어예요. 이 단어는 '다수' 또는 '국민'을 뜻하는 그리스어 demos와 '지배' 또는 '권력'을 뜻하는 그리스어 kratia에서 유래했어요.

3주 4일
학습 끝!

붙임 딱지 붙여요.

demonstration

많은 사람이 단체로 모여 시위하는 '데모'라는 말을 들어 본 적 있지요? demo는 '시위', '항의'라는 뜻의 낱말인 demonstration의 약자예요. 어떤 사실에 대한 의견을 널리 알리기 위해 여러 사람이 한데 모여 함께 행동을 하는 것을 말한답니다.

QR 찍고 발음 듣기

법(法) 관련 말 찾기

1 아래에 설명하는 낱말은 무엇일까요? 초성 힌트를 보고 보기에서 찾아 써 보세요.

① 법을 세우는 일, 또는 법을 만들거나 고치는 일을 말해요.
  국민들이 대표로 뽑은 국회 의원이 국회에서 하는 일이에요.

| ㅇ | ㅂ |

② 여러 가지 사회 문제를 해결하기 위한 법이에요.
  사회의 약자를 위한 법이라고 할 수 있어요.

| ㅅ | ㅎ | ㅂ |

③ 개인과 개인 사이의 사적인 관계를 다스리는 법이에요.
  여기에는 민법과 상법이 있어요.

| ㅅ | ㅂ |

④ 법 중에서 가장 기본이 되는 법이에요.
  '법 중의 법'이라서 이 법에 어긋나는 법은 만들 수 없어요.

| ㅎ | ㅂ |

⑤ 법에 따라 나라를 다스리는 것으로,
  민주주의의 가장 기본적인 원리 중 하나예요.

| ㅂ | ㅊ | ㅈ | ㅇ |

⑥ 재판장, 즉 재판의 우두머리예요. 변호사와 검사,
  증인의 말을 듣고 판결을 내려요.

| ㅍ | ㅅ |

⑦ 국회에서 만든 법으로, 헌법 바로 아래에 있는 법이에요.
  여기에는 민법, 상법, 형법이 있어요.

| ㅂ | ㄹ |

⑧ 법률 바로 아래에 있는 법이에요.
  대통령이나 국무총리, 장관 등이 만들어요.

| ㅁ | ㄹ |

보기   명령   입법   사회법   법치주의   헌법   판사   사법   법률

세상 사람들 모두가 하고 싶은 대로만 하면서 살 수는 없어요. 그래서 사람들은 '법'을 정해 놓고 사회 질서를 지키며 모든 사람이 안전하고 행복하게 살 수 있도록 했죠. 이렇게 우리 모두와 관련이 있고 없어서는 안 되는 법에 대해서 좀 더 알아볼까요?

입법
立(설 립/입) 法(법 법)

입법은 법을 세우는 일, 즉 법을 만들거나 고치는 일을 말해요. 그렇다면 어디에서 법을 만들고 고칠까요? 바로 국회예요. 국회의 구성원은 국민들이 선거를 통해서 뽑은 '국회 의원'이에요. 국회 의원은 국민들을 위해 새로운 법을 만들거나 잘못된 법을 고치는 일을 해요.

법치주의
法(법 법) 治(다스릴 치)
主(주인 주) 義(옳을 의)

'법에 따라 다스린다'는 뜻의 **법치주의**는 민주주의의 가장 기본적인 원리 중 하나예요. 우리나라를 비롯한 민주주의 국가에서 사용하고 있는 '실질적 법치주의'는 법이 잘못됐다고 생각되면 고칠 수 있어요. 하지만 히틀러가 다스리던 당시의 독일은 '형식적 법치주의'였어요. 그래서 국민의 자유를 제한하는 법으로 독재를 휘둘렀어요. 그러므로 실질적 법치주의가 이루어져야 진정한 민주주의 국가랍니다.

법의 종류

법의 종류는 법은 다스리는 생활 영역에 따라 크게 공법, 사법, 사회법으로 나뉘어요. '공법'은 개인과 국가 간의 관계를 다스리는 법으로, 재판의 절차를 정해 놓은 소송과 선거법 등이 있어요. '사법'은 개인 간의 관계를 다스리는 법으로 민법과 상법이 있어요. '사회법'은 사회 문제를 해결하기 위한 법이에요. 근로자, 장애인, 저소득층 등 사회의 약자(약할 약 弱, 사람 자 者)를 위한 법이라고 할 수 있어요.

법의 지위

법은 헌법, 법률, 명령, 조례, 규칙의 순서로 지위가 매겨져 있어요. 법률은 헌법을 따라야 하고, 명령은 법률을, 조례는 명령을 따라야 하고, 규칙은 조례를 따라야 해요. 가장 기본이 되는 중요한 법은 '헌법'이기 때문에 모든 법은 헌법을 바탕에 두고 만들어요. 그래서 헌법을 '법 중의 법'이라고 해요.

나는 법 중의 법, 법 중의 왕!

법률
法(법 법) 律(법 률/율)

국회에서 만든 법인 **법률**에는 민법, 상법, 형법 등이 있어요. '민법(백성 민 民, 법 법 法)'은 개인의 권리를 보호하는 법이에요. '상법(장사 상 商, 법 법 法)'은 경제생활에 관한 법, '형법(형벌 형 刑, 법 법 法)'은 범죄와 형벌에 관한 법이에요.

사법
司(맡을 사) 法(법 법)

사법은 어떤 문제에 대해 법에 따라 판단하고 심판하는 일을 말해요. 이 일을 맡아보는 국가 기관은 사법부이고 우리나라 사법부는 바로 법원이에요. 법원에서는 법에 따라 판단하고 심판하기 위해서 재판을 하는데, 이 재판의 우두머리가 바로 '판사'예요. 판사는 '검사'와 '변호사'가 벌이는 논쟁과 다양한 증거 및 진술 등을 보고 판결을 내리는 재판장이지요. 판사는 재판을 당하는 사람인 '피고'의 벌을 결정해요. 그렇기 때문에 판사는 국민의 권리를 지키기 위해 최선을 다해야 하고 법과 양심에 따라 공정하게 판정을 내려야 해요.

공정하게!

1 다음 신문을 읽고, 빈칸에 들어갈 낱말이 적힌 카드를 골라 색칠해 보세요.

> **○○ 신문**   **○○○○년 ○월 ○일**
>
> 미국의 킹 목사는 1955년 '버스 타지 않기 운동'을 이끌며 본격적으로 흑인 인권 운동에 뛰어들었다. 당시 한 흑인 여성이 버스에서 백인에게 자리를 양보하지 않았다는 이유로 경찰에 체포된 사건에 대해 항의하기 위한 것이다. 이 운동이 이어진 1956년, 미국 연방 대법원은 버스에서 인종을 분리하는 행위가 가장 높은 법인 □□에 위배된다는 판결을 내렸다.

헌법	명령	조례	규칙

2 ( ) 안에 알맞은 낱말을 골라 ○ 하세요.

① (사법 / 입법)은 법에 따라 판단하고 심판하는 일을 말해요.

② '공법'에는 재판의 절차를 정해 놓은 (형법 / 소송법)이 있어요.

③ '사법'에는 경제생활을 하며 지켜야 할 (상법 / 공법)이 있어요.

④ 법은 헌법, 법률, 명령, 조례, (규칙 / 민법)의 순서로 지위가 정해져 있어요.

3 속뜻짐작 친구들이 어떤 권리에 대해 이야기하는지 찾아보세요. (   )

살고 싶은 곳에서 살 수 있고, 되고 싶은 것과 종교까지 마음대로 할 수 있으면 참 □□로울 것 같지?

나는 나중에 영어 선생님이 되고 싶어!

우리는 누구나 원하는 종교를 가질 수 있어.

나는 내가 살고 싶은 곳에서 살고 싶어.

우리나라 헌법에는 국민이 누려야 할 기본적인 권리를 정해 두었어요.
친구들이 이야기하고 있는 권리는 무엇일까요?

① 자유권   ② 평등권   ③ 참정권   ④ 사회권

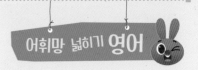

법은 그 법이 다루는 생활 영역에 따라 몇 가지 종류로 나뉘어요.
법의 종류를 영어로는 어떻게 부르는지 알아볼까요?

commercial law

commercial은 '상업의'라는 뜻으로 여기에 '법'이라는 뜻의 law가 붙으면 '상법'이라는 뜻이 돼요. 상법은 경제생활을 하며 지켜야 할 법이에요.

3주 5일
학습 끝!

붙임 딱지 붙여요.

civil law

civil law는 '시민의'라는 뜻의 civil과 '법'이라는 뜻의 law가 합쳐진 말로 '민법'을 뜻해요. 개인과 개인 사이에 다툼이 있을 때 바로 민법에 따라 다툼을 해결한답니다.

criminal law

criminal은 '범죄의'라는 뜻으로 criminal law는 범죄와 형벌에 대한 법률 체계를 규정한 법인 '형법'을 뜻해요.

QR 찍고 발음 듣기

착한 일 권하고 나쁜 일 벌하는 '권선징악'

권선징악(권할 권 勸, 착할 선 善, 징계할 징 懲, 악할 악 惡):
착한 일은 권장하고 악한 일은 벌을 주는 거예요.

'권선징악'은 착한 일을 권하고 악한 일을 벌한다는 뜻이야.

너 같은 슈퍼 영웅이 하는 일이지.

오~호

오오! 권선징악!

뿌듯

그럼 악한 사람을 벌하러 가 볼까?

스 윽

그런데, 아들! 착한 일부터 먼저 해야겠는걸?

덥석

…….

너저분

아, 히어로의 길이 이렇게 멀고 험하다니.

청소만 하면 되는데…….

토잉이와 함께
끝까지 해보자고!

PART 3

PART3에서는 소리나 뜻이 비슷해서
헷갈리기 쉬운 낱말들을 비교하며 배워요.

시(示), 시(市), 시(時) 비교하기

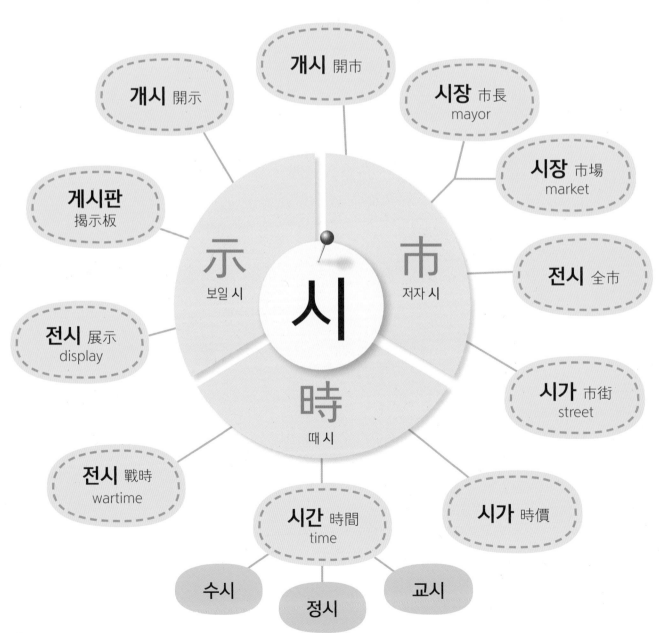

개시 開示

개시 開市

시장 市長 mayor

시장 市場 market

게시판 揭示板

示 보일 시

시 市 저자 시

전시 全市

전시 展示 display

時 때 시

시가 市街 street

전시 戰時 wartime

시간 時間 time

시가 時價

수시

정시

교시

1 다음 문장에서 밑줄 친 '시'가 '보이다'를 뜻하면 ♡, '저자'를 뜻하면 ○, '때'를 뜻하면 △를 그려 넣어 보세요.

① 종로에 있는 **시**가가 엄청 복잡하더라.

② 우리 형은 이번 입시에서 수**시**로 대학에 갔어.

③ 너는 서울 **시**장이 누가 되었으면 좋겠어?

④ 선생님께서 앞으로 우리 반 소식을 게**시**판에 올린대.

⑤ 오늘은 제발 약속 **시**간 잘 지켜!

⑥ 요즘 장사가 잘 안 돼서 어떤 날은 개**시**도 못해.

⑦ 현재 우표 **시**가가 내려가고 있어.

⑧ 2교**시** 시작종이 울렸어.

2 밑줄 친 낱말의 '시' 자는 어떤 뜻을 가지고 있는지 선으로 이어 보세요.

미술품 **전시**를 하고 있어.   •   • 보일 시(示)

그는 **전시**에 아들을 잃어버렸어.   •   • 저자 시(市)

이틀 만에 독감이 **전시**에 퍼졌어.   •   • 때 시(時)

전시 vs 전시 vs 전시

展(펼 전) 示(보일 시)
戰(싸움 전) 時(때 시)
全(온전할 전) 市(저자 시)

전시는 여러 가지 물건을 펼쳐(펼 전, 展) 보이다(보일 시, 示)는 뜻으로 '전람'과 같아요. 같은 소리를 내는 낱말로 전쟁(싸움 전, 戰)이 벌어진 때(때 시, 時)를 일컫는 **전시**와, '도시(저자 시, 市) 전체(온전할 전, 全)'를 뜻하는 **전시**도 있어요.

시장 vs 시장

市(저자 시) 場(마당 장)
市(저자 시) 長(긴 장)

시장은 여러 가지 상품을 사고파는 장소(마당 장, 場)를 가리켜요. 또 다른 **시장**은 도시(저자 시, 市)의 우두머리(긴 장, 長)라는 뜻으로, 시를 맡아서 다스리는 책임자를 뜻해요. 그리고 배고픔을 뜻하는 '시장'도 있답니다.

시장에 오신 시장님이 시장하신가 봐요!

개시 vs 개시

開(열 개) 示(보일 시)
開(열 개) 市(저자 시)

열어서(열 개, 開) 보이다(보일 시, 示)는 뜻인 **개시**는 분명하게 나타낸다는 뜻도 가지고 있어요. '새로운 디자인을 개시하다.'처럼 쓰이지요. 같은 소리를 내는 또 다른 낱말은 시장(저자 시, 市)을 열다(열 개, 開)는 뜻의 **개시**가 있어요. 가게 문을 열고 그날 장사를 시작한다는 뜻의 '개점'과 비슷한 의미예요.

시가 vs 시가

時(때 시) 價(값 가)
市(저자 시) 街(거리 가)

시가는 일정한 시기(때 시, 時)의 물건값(값 가, 價)을 뜻하는 낱말로, '물가'나 '시세'와 같은 뜻으로 쓰여요. 도시(저자 시, 市)의 큰 거리(거리 가, 街)를 일컫는 **시가**는 '저잣거리', '시가지'와 같은 뜻이에요.

게시판

揭(높이 들 게)
示(보일 시) 板(널빤지 판)

높이(높이 들 게, 揭) 보이게(보일 시, 示) 붙이는 널빤지(널빤지 판, 板)인 **게시판**은 여러 사람이 볼 수 있게 만든 판을 말해요. 비슷한말로는 '안내판'과 '알림판'이 있어요.

시간

時(때 시) 間(사이 간)

시간의 사전적 의미는 '어떤 시각에서 어떤 시각까지의 사이'예요. 하루의 24분의 1이 되는 동안을 세는 단위이기도 해요. '수시'는 일정하게 정해 놓은 때 없이 그때그때의 상황, '정시'는 정해진 시간이고 '교시'는 학교에서 받는 수업을 세는 단위예요.

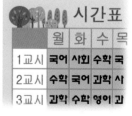

우리나라 대표 전시장

전시장이란 여러 가지 물품을 한곳에 놓고 여러 사람에게 보이는 '전시'를 하는 곳이에요. 우리나라를 대표하는 전시장에는 코엑스와 킨텍스가 있어요.

〈코엑스〉

코엑스는 서울특별시 강남구 삼성동 한국 종합 무역 센터 내에 있는 종합 전시관으로, Korea Exhibition Center(한국 종합 전시장)의 머리글자를 따서 COEX라고 해요. 코엑스에서는 서울 국제 도서전, 무역 서비스 쇼, 한국 국제 식품 기술 전시회 등 해마다 각종 국내외 전문 전시회가 열리고 있어요.

〈킨텍스〉

킨텍스는 경기도 고양시에 있는 한국 국제 전시장으로, Korea International Exhibition Center의 머리글자를 따서 KINTEX라고 하는데, 이곳에서는 서울 모터쇼와 한국 산업 대전, 서울 국제 식품 산업 대전, 서울 국제 공작 기계전, 한국 전자전 등 국내 유명 전시회뿐 아니라 국제 대형 전시회가 열려요.

EXPO(엑스포)는 Exposition의 앞부분에서 따온 것으로, 많은 나라가 참가하는 '세계 박람회'예요. 지금으로부터 약 2500년 전, 고대 페르시아의 왕이 자기 나라가 잘산다는 걸 자랑하려는 목적으로 세계 여러 나라의 대표를 초청해 6개월간 전시회를 개최했어요. 그 후 세계 여러 나라들이 자기 나라에서 만든 물건들을 전시하고 여러 가지 문화 정보를 교환하기 시작하면서 지금의 박람회가 되었다고 해요.

1 카드에 적힌 낱말의 뜻을 찾아 선으로 이어 보세요.

게시판 •　　　　　　• 여러 사람이 볼 수 있게 만든 판

수시 •　　　　　　• 학교에서 받는 수업을 세는 단위

교시 •　　　　　　• 일정하게 정해 놓은 때 없이 그때그때의 상황

개시 •　　　　　　• 열어서 보이는 것

2 그림에 밑줄 친 낱말과 관련 있는 '시' 자를 찾아 ○ 해 보세요.

시(時)

시(市)

시(示)

3 속뜻짐작 여행책에 실린 글을 읽고, 어떤 장소를 소개하는지 찾아보세요. (　　　)

유네스코가 세계 문화 도시로 지정한 호이안
은 15세기부터 19세기 무렵까지 동남아시아
의 주요 무역 도시로 번성했던 곳이다. 오래
된 마을에는 역사의 향취가 깊게 배어 있으
며 중국적인 색채를 띠면서도 일본식, 베트
남식 장식이 더해진 멋진 건물을 볼 수 있다.

호이안 　　　　

① 대도시　　　② 소도시　　　③ 신도시　　　④ 구시가지

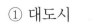

116

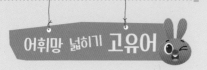

시장에는 먹을 것, 입을 것 등 다양한 물건을 팔아요.
시장과 관련 있는 고유어를 알아볼까요?

저자와 저잣거리

'저자'는 '시장'과 같은 뜻으로 쓰이는 고유어로, 시장이나 장터, 물건을 파는 가게, 사람이 많이 모이는 장소를 뜻하는 낱말이에요. 저자가 섰던 거리라는 뜻에서 '저잣거리'라고도 하지요.

4주 | 일
학습 끝!

붙임 딱지 붙여요.

마수걸이

'마수걸이하다'라는 말은 '처음으로 물건을 팔다'는 뜻을 가진 '개시하다'와 같은 뜻이에요. 그날 맨 처음으로 물건을 파는 일인 '마수걸이'와 반대되는 낱말에는 '떨이'가 있어요. '떨이'는 '팔다 조금 남은 물건을 다 떨어서 싸게 파는 일'을 뜻해요.

장사 웃덮기

'장사 웃덮기'란 겉으로만 좋게 꾸미는 일을 뜻하는 고유어예요. 장사하는 사람이 손님을 끌기 위해 좋은 물건을 손님이 잘 볼 수 있도록 위쪽에 진열하는 것을 표현할 때나, 원래 손님에게 갈 몫이지만 인심 좋은 체하며 더 주는 시늉을 할 때 사용하는 말이에요.

선(選), 선(善), 선(線) 비교하기

1 각 문장의 내용이 맞으면 ○, 틀리면 X를 빈칸에 써 보세요.

'직선거리로 10분 걸려.'에서 밑줄 친 '선'은 '線'이다.

'오늘은 반장 선거를 하는 날이야.'에서 밑줄 친 '선'은 '善'이다.

'도로에서는 차선을 지키자.'에서 밑줄 친 '선'은 '選'이다.

'미국은 대통령을 간선으로 뽑아.'에서 밑줄 친 '선'은 '善'이다.

'간선 도로는 항상 차들이 많아.'에서 밑줄 친 '선'은 '線'이다.

'대표 팀 선발 대회에서 뽑혔어.' 에서 밑줄 친 '선'은 '選'이다.

'훈훈한 선행에 앞장섰다.'에서 밑줄 친 '선'은 '線'이다.

'집에 무선 전화기 있니?'에서 밑줄 친 '선'은 '善'이다.

'남북한 사이에 휴전선이 있어.'에서 밑줄 친 '선'은 '線'이다.

차선 vs 차선
車(수레 거/차) 線(줄 선)
次(버금 차) 善(착할 선)

자동차는 도로에 그어 놓은 **차선**을 따라 다녀요. 소리가 같은 **차선**은 '최선(착할 선, 善)' 다음으로(버금 차, 次) 좋은 것을 뜻해요.

직선 vs 직선
直(곧을 직) 選(가릴 선)
直(곧을 직) 線(줄 선)

'곧을 직(直)' 자와 '가릴 선(選)' 자가 합쳐진 **직선**은 '직접 선거'를 줄인 말로, 선거인이 후보자 중에서 당선자를 직접 뽑는 선거 제도를 말해요. 같은 소리가 나는 또 다른 **직선**은 곧은(곧을 직, 直) 줄(줄 선, 線)이에요.

간선 vs 간선
間(사이 간) 選(가릴 선)
幹(줄기 간) 線(줄 선)

'사이 간(間)' 자와 '가릴 선(選)' 자가 합쳐진 **간선**은 '간접 선거'를 줄인 말로, 투표권을 가진 사람이 대표를 뽑으면 그 대표가 당선자를 뽑는 거예요. 주요 도시를 연결하는 도로나 철도처럼 줄기(줄기 간, 幹)가 되는 주요한 선(줄 선, 線)도 **간선**이라고 해요.

선행
善(착할 선) 行(다닐 행)

선행은 착하고 어진 행동이에요. 반대로 '악행(악할 악 惡, 다닐 행 行)'은 나쁜 행동이에요.

선발
選(가릴 선) 拔(뺄 발)

'국가 대표로 선발됐다.'는 말에서 **선발**은 많은 사람 가운데서 골라 뽑는 것을 뜻해요. 어떤 분야에서 잘하는 대표 선수를 뽑을 때 쓰는 말이에요.

휴전선
休(쉴 휴) 戰(싸움 전) 線(줄 선)

휴전선!!

전쟁을 멈춘 두 나라 사이에 경계로 정한 선을 **휴전선**이라고 해요. 우리나라의 휴전선은 6.25 전쟁이 끝난 후에 만들어져 북한과 우리나라를 나누고 있어요.

무선
無(없을 무) 線(줄 선)

선(줄 선, 線)이 없다는 뜻의 **무선**은 전깃줄 없이 전파로 보내는 것을 말해요. 특히 선이 없는 전화를 '무선 전화'라 하고 선을 꽂지 않고 사용하는 인터넷을 '무선 인터넷'이라 하지요.

수직선 / 대각선
垂(드리울 수) 直(곧을 직) 線(줄 선)
對(대답할 대) 角(뿔 각)

수직선은 평면과 직각을 이루는 직선을 뜻하고 **대각선**은 다각형에서 서로 이웃하지 않는 두 꼭짓점을 잇는 선분을 말해요. '평행선'은 한 평면 위에서 만나지 않고 나란히 가는 직선이에요.

수직과 평행

위에서 바닥을 향해 곤두박질치듯 빠르게 떨어지는 놀이 기구처럼 위에서 아래로 뻗은 모양을 '수직'이라고 해요. '평평하게(평평할, 평 주) 다닌다(다닐, 행 行)'는 뜻의 '평행'은 나란히 간다는 것을 말해요. 그럼 수직과 평행을 비교해 볼까요?

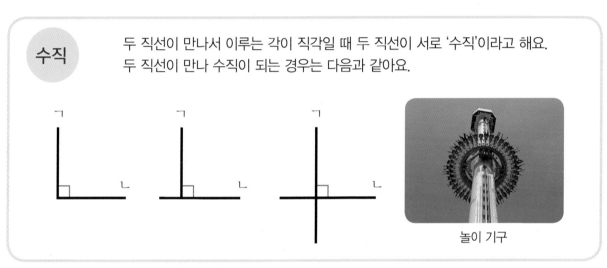

수직

두 직선이 만나서 이루는 각이 직각일 때 두 직선이 서로 '수직'이라고 해요.
두 직선이 만나 수직이 되는 경우는 다음과 같아요.

놀이 기구

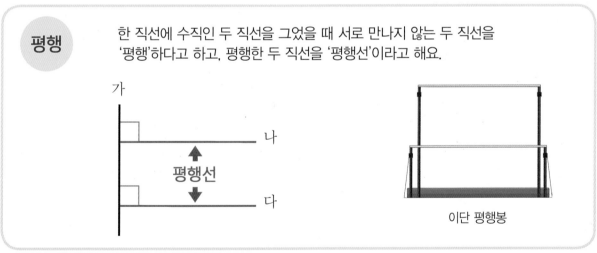

평행

한 직선에 수직인 두 직선을 그었을 때 서로 만나지 않는 두 직선을 '평행'하다고 하고, 평행한 두 직선을 '평행선'이라고 해요.

평행선

이단 평행봉

낱말상식 톡

평행사변형은 직사각형처럼 '마주 보는 두 쌍의 변이 서로 평행인 사각형'을 뜻해요. 평행인 두 변을 '밑변', 두 밑변 사이의 거리를 '높이'라고 하는데, 평행사변형은 마주 보는 변의 길이와 마주 보는 각의 크기가 서로 같아요.

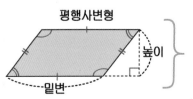

평행사변형

높이

밑변

121

1 빈칸에 어울리는 낱말을 보기에서 골라 써 보세요.

① 최선의 방법이 실패하면 [   ]의 방법을 택하자!

② 선분을 양쪽으로 끝없이 늘인 곧은 선을 [   ]이라고 해.

③ [   ]은 간접 선거를 줄인 말이야.

④ [   ]을 중심으로 우리 민족은 분단되었다.

> 보기   차선   간선   직선   휴전선

2 주어진 낱말들을 '선' 자의 뜻에 따라 분류해서 써 보세요.

대각선	선발	무선	선행

줄	
가리다	
착하다	

3 속뜻 짐작 두 사람의 대화를 보고, 빈칸에 들어갈 낱말을 골라 보세요. (   )

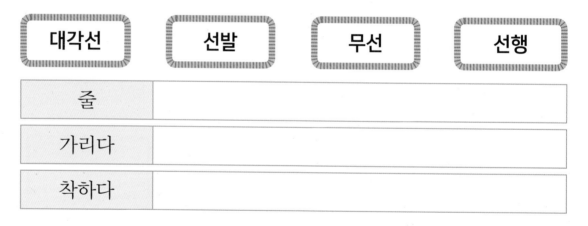

선물은 많으면 많을수록 더 좋은 [   ]이에요.

허허. 이거 참.

'많을 다(多)' 자가 들어가겠지?

① 개과천선   ② 다다익선   ③ 동상이몽   ④ 박학다식

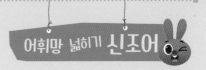

1953년 7월 27일 22시에 휴전이 되면서 생긴 군사 분계선이 '휴전선'이에요.
휴전선으로 인해 새로 생긴 말을 알아볼까요?

NLL

NLL은 Northern Limit Line의 머리글자를 딴 것이에요. Northern은 '북부에 위치한'이라는 뜻이고, Limit는 '한계(사물의 정해진 범위나 경계)'라는 뜻, Line은 '선'이라는 뜻이므로, 즉 '북방 한계선'이라는 뜻이에요.

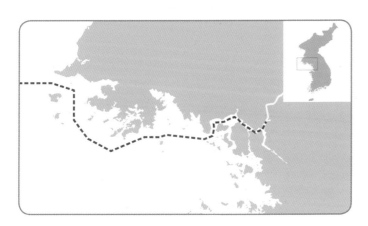

1953년 휴전 협정 직후 미군은 남쪽 해군 함대가 북쪽으로 넘어가지 말라고 군사 분계선에서 북쪽으로 2㎞ 떨어진 곳의 서해와 동해에 북방 한계선을 그었고, 남쪽으로 2㎞ 떨어진 서해와 동해에는 남방 한계선인 SLL(South Limit Line)을 그었어요.

4주 2일
학습 끝!

붙임 딱지 붙여요.

GP & GOP

GP는 Guard Post의 머리글자를 딴 것으로, 한반도의 휴전선에 있는 '휴전선 감시 초소'를 뜻해요. Guard는 '경비', '보초', Post는 '위치', '근무 구역'이라는 뜻이에요. GOP는 General Out Post의 머리글자를 딴 것으로, 전방에 있는 철책을 책임지고 지키는 초소를 일컫는 말이에요. 남북한은 앞으로 GP를 철수할 계획이에요.

소리가 같은 말 구분하기

형! 동사가 뭐야?

어떤 동사? 두 가지 뜻이 있는데.

잉~, 고양이가 추운 데서 자고 있네? 얼어 죽겠다.

맞아! 그거야!

'자다'랑 '얼어 죽는 것', 두 개 다 동사야!

아하!

동사

凍(얼 동) 死(죽을 사)

> 겨울에 밖에서 자면 **동사**할 수도 있어.
> 날씨가 너무 추워서 우리 집 화초가 **동사**했어.

동사는 얼어서(얼 동, 凍) 죽는다(죽을 사 死)는 뜻이에요. 사람의 체온은 36.5℃ 정도를 유지하고 있지만 심한 추위나 바람, 비를 맞아 몸에서 만들어지는 열보다 몸 밖으로 빠져나가는 열이 더 많으면 체온이 떨어져요. 체온이 심하게 떨어지면 두통이나 시력 저하 등이 일어나고 몸속 장기의 기능이 약해지면서 심하면 죽음에 이르게 되는데 이것을 '동사'라고 해요.

동사

動(움직일 동) 詞(말 사)

> 사람의 움직임을 나타내는 **동사**를 찾아봐!
> '자다'는 자는 동작을 나타내는 **동사**야.

동사는 사람이나 사물의 움직임을 나타내는 낱말이에요. "아침에 빵과 우유를 먹었다.", "꽃이 예쁘게 피었다."라는 말 중에서 '먹다'와 '피다'는 사람이나 사물의 움직임을 나타내고 있어요. 이렇게 움직임을 나타내는 '동사'는 '움직씨'라고도 하는데, '공부하다, 놀다, 걷다, 자다, 일어나다, 앉다, 가다, 달리다, 읽다, 입다' 등 우리가 일상생활에서 사용하는 많은 낱말들이 '동사'에 속해요.

소리가 같은 말을
잘 들어 봐!

아빠, 조선의
마지막 왕은
누구예요?

아,
순종이야.

무슨 소리예요.
우리 집에 조선왕이
있는데!

응?

네?

배를 만드는 것도
조선이잖아.

하하!

아하!

조선

造(지을 조) 船(배 선)

한국은 뛰어난 **조선** 기술을 가지고 있어.
나는 **조선** 회사에 들어가고 싶어.

조선은 배를 만드는 일을 말해요. 배는 물 위로 다니는 교통수단이기 때문에 배를 만들 때 무엇보다 중요한 것은 배가 물속으로 가라앉지 않고 물에 떠야 해요. 그래서 옛날에는 쉽게 물 위에 뜨는 나무를 이용해서 배를 만들다가 1800년대 들어서면서 철로 배를 만들기 시작했어요. 철은 무겁지만 튼튼한 배를 만들 수 있었어요. 그 뒤 조선 기술이 점점 발전하면서 요즘의 배는 대부분 강철로 만들어져요.

조선

朝(아침 조) 鮮(고울 선)

세종 대왕은 **조선**의 네 번째 왕이야.
조선은 이성계가 건국한 나라야.

조선은 1392년 이성계가 세운 나라예요. 일본에게 나라를 빼앗긴 1910년까지 스물일곱 명의 임금이 나라를 다스렸으며 수많은 문화유산을 남겼지요. 기원전 2333년에 단군왕검이 세운 우리나라 최초의 국가인 '고조선'의 원래 이름도 '조선'이었지만 이성계가 세운 조선과 구분하기 위해 '고조선'으로 바꾸었지요.

소리가 같은 말을
잘 들어 봐!

여긴
전시 중이야.

여기도
전시 중!

응? 전쟁터에 취재하러
갔다면서 뭘 전시해?

전쟁 중이라는 뜻도
전시거든!

전시
展(펼 전) 示(보일 시)

> 강당에 미술품을 **전시**했어.
> 박물관에 복제품이 **전시**되었대.

전시란 펼쳐(펼 전, 展) 보인다(보일 시, 示)는 뜻으로 박물관 등에서 사람들에게 보이기 위해 여러 가지 물품을 한곳에 펼쳐 놓고 진열하는 것을 가리키는 말이에요. '전람(펼 전 展, 볼 람/남 覽)'이라는 낱말과 같은 뜻으로 쓰여요. '전람'이란 교육이나 선전을 할 목적으로 여러 가지 물품을 한 장소에 모아 놓고 여러 사람에게 보이는 것이에요.

전시
戰(싸움 전) 時(때 시)

> **전시** 비상식량은 역시 건빵이 최고야!
> **전시**에는 장수를 바꾸지 않는다는 격언이 있어.

전쟁(싸움 전, 戰)을 하고 있는 때(때 시, 時)를 뜻하는 **전시**는 선전 포고를 한 날부터 휴전이 성립될 때까지의 기간을 말해요. 선전 포고(베풀 선 宣, 싸움 전 戰, 펼 포 布, 알릴 고 告)란 한 나라가 다른 나라에게 전쟁을 공식적으로 선언하는 것인데, 여기에는 전쟁을 시작하는 날짜와 시간이 포함되어 있어요. 그리고 '휴전(쉴 휴 休, 싸움 전 戰)'이란 전쟁을 하던 두 나라가 얼마 동안 전쟁을 멈추기로 하는 것을 말해요.

경기
景(볕 경) 氣(기운 기)

요즘 **경기**가 어려워져서 손님도 많이 줄었어.
경기가 좋아졌다는데 왜 월급은 안 오르지?

경기는 경제 흐름의 좋고 나쁜 기운을 뜻하는 낱말로, 매매나 거래에 나타난 경제 활동의 상황을 말해요. '경기가 좋다' 또는 '경기가 나쁘다'라는 말을 들어 본 적 있지요? '경기'는 생산이나 소비, 물가 등의 영향을 받는데, 사람들의 수입이 늘어나면서 소비도 많이 이루어질 때는 '경기가 좋다'고 하고, 반대로 사람들의 수입이 줄어들면서 소비도 줄어들게 되는 것을 '경기가 나쁘다'고 해요.

경기
競(다툴 경) 技(재주 기)

흥미진진한 **경기**를 펼쳤다.
오늘 **경기**에서 꼭 이겨!

경기는 재주(재주 기, 技)를 다투는(다툴 경, 競) 것'이라는 뜻으로 여기에서 재주는 축구나 야구 같은 운동이나 사냥, 활쏘기 같은 기술을 포함해요. '시합(시험 시 試, 합할 합 合)'은 같은 뜻으로 쓰이는데, 둘 다 운동이나 기술 등에서 일정한 규칙 아래 서로 재주와 능력을 겨루어 누가 잘하는지 가리는 것을 뜻해요.

1 가족들의 대화를 보고, 어떤 뜻의 '경기'를 말하는지 보기 에서 찾아 빈칸에 번호를 써 보세요.

보기 ① 매매나 거래에 나타난 경제 활동의 상황
② 재주를 다투는 것

2 다음 글에서 밑줄 친 '전시'가 '전쟁을 하고 있는 때'를 뜻하면 낱말에 ○ 하고, '여러 사람에게 보이기 위해 펼쳐 보이는 것'을 뜻하면 △ 하세요.

한국 전쟁 당시의 비참한 상황을 알리고 희생자를 추모하기 위한 **전시**가 열렸다. 1층 전시실에는 총기류와 탱크 등 **전시**에 사용했던 전쟁 무기들이 **전시**되어 있었고, 2층에는 **전시** 중에 희생당한 사람들을 추모하는 공간이 있었다. 또한 3층에는 마치 실제 **전시** 상황인 듯한 착각을 불러일으킬 만큼 전쟁 분위기를 실감 나게 연출하였다.

여러 사람에게 보여 주는 것인지 싸우는 것인지 잘 생각해 봐.

3 '동사'가 같은 뜻으로 쓰인 문장끼리 선으로 이어 보세요.

최강 한파에
개구리 떼가 **동사**했대.

동사는 사람이나 사물의
동작을 나타내는 낱말이야.

국어에서는 **동사**를
'움직씨'라고 해.

갑자기 내린 봄눈에
개나리꽃이 **동사**했어.

4 낙하산을 탄 사람들 중에 자신이 설명하는 낱말을 잘못 찾아간 사람은 누구인지 ○
하세요.

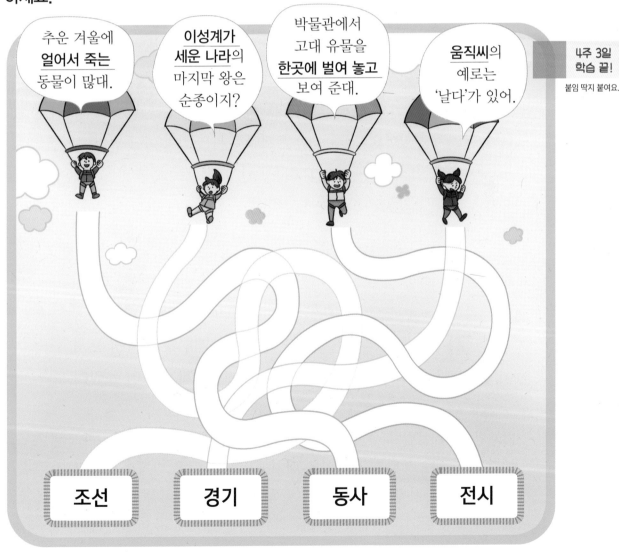

추운 겨울에
얼어서 죽는
동물이 많대.

**이성계가
세운 나라**의
마지막 왕은
순종이지?

박물관에서
고대 유물을
한곳에 벌여 놓고
보여 준대.

움직씨의
예로는
'날다'가 있어.

조선   경기   동사   전시

4주 3일
학습 끝!

붙임 딱지 붙여요.

헷갈리는 말 살피기

가게

우리 동네에 아이스크림 **가게**가 생겼어.
가게에 가서 우유 좀 사 오렴.

가게는 물건을 파는 집을 가리키는 낱말이에요. 고유어처럼 보이지만 '가가(거짓 가 假, 집 가 家)'라는 한자어에서 비롯된 낱말이에요. 그대로 풀면 '가짜 집'이라는 뜻을 가지고 있어요. 원래 상점은 제대로 지은 집이 아닌 임시로 지은 집이었대요. 그래서 '가가'가 '가개'로 바뀌었다가 다시 '가게'로 변했다고 해요.

가계
家(집 가) 計(셀 계)

우리 엄마는 **가계부**를 꼼꼼히 쓰셔.
경기가 좋아서 **가계** 소득이 올랐어.

가계란 집안 살림의 수입과 지출의 상태를 가리키는 말이에요. 가계는 소득과 소비를 함께하는 경제 활동의 기초 단위예요. 사람들은 다양한 일을 하며 돈을 버는데 이때 각 가정에서 벌어들이는 소득을 '가계 소득'이라고 해요. 그리고 각 가정에 들어오는 돈과 나가는 돈을 기록하는 책을 '가계부'라고 한답니다.

1 현수막을 보고, 틀린 글자를 찾아 바르게 고쳐 써 보세요.

[   ] ➡ [   ]

2 밑줄 친 낱말이 뜻하는 것을 찾아 선으로 이어 보세요.

가계의 소득이 줄어들면 쓸 돈도 줄어들어. •

• 물건을 파는 상점

햄버거 **가게**에 사람들이 바글바글하더라. •

• 가정의 수입과 지출 상태

게시
揭(높이 들 게) 示(보일 시)

합격자를 게시판에 게시했다.

수업 자료는 우리 반 홈페이지에 게시해 놓을게요.

게시는 여러 사람이 볼 수 있게 벽에 붙여 두루 보게 하는 거예요. 우리 조상들은 먼 옛날부터 여러 사람에게 어떤 일을 알리기 위해 길거리나 사람이 많이 모이는 시장에 글을 써 붙였어요. 이것을 '벽보'라고 했는데, 요즘에는 '게시'나 '공고(공평할 공 公, 알릴 고 告)'라는 낱말을 써요. '게시판에 글을 남겼다.', '블로그에 글을 게시했다.'처럼 사용할 수 있어요.

계시
啓(열 계) 示(보일 시)

이건 하늘의 계시야!

네가 정말 알라의 계시를 받았다고?

계시는 사람의 지혜로는 알 수 없는 진리나 초자연적인 현상을 통해 알게 되는 진리를 뜻하는 낱말로, 신이 인간에게 무엇인가를 드러내 보일 때 '신의 계시를 받았다.'고 말해요. 보통 '계시'는 꿈과 환상을 통해 앞으로 일어날 일을 미리 알려 주는데, 여기에는 신의 의지나 뜻이 담겨 있다고 믿고 있어요.

1 ( ) 안에 알맞은 낱말을 골라 ○ 하세요.

2 문장의 빈칸에 들어갈 알맞은 낱말을 써 보세요.

① 잔 다르크는 신의 [ ] 를 받고 전쟁에 나가 프랑스를 구했어요.

② 오늘 블로그에 새로운 글을 [ ] 했어.

복구
復(돌아갈/돌아올 복)
舊(옛 구)

지진 **복구** 공사가 한창이네.
쓰나미로 무너진 다리가 아직 **복구**되지 않았어.

복구란 예전(옛 구, 舊)으로 돌아간다(돌아갈/돌아올 복, 復)는 뜻이에요. 따라서 어떤 사고로 피해를 입고 무너지거나 부서진 것을 손해나 손실이 없던 원래의 상태로 돌리는 것을 말할 때 '복구'라는 낱말을 써요. '지진으로 무너진 집을 복구했다.', '도로에 쌓인 눈을 치우는 복구 공사가 한창이다.'처럼 사용할 수 있어요.

복귀
復(돌아갈/돌아올 복)
歸(돌아갈 귀)

은퇴한 배우가 다시 **복귀**했어.
이틀 만에 다시 원상 **복귀**했어.

복귀는 '휴가 나왔던 형이 부대로 복귀했다.', '대통령이 휴가를 마치고 청와대로 복귀했다.'처럼 예전의 자리를 떠났다가 다시 원래의 상태나 자리로 돌아올 때 사용하는 낱말이에요. 한동안 쉬었던 운동선수가 운동을 다시 시작하려고 하는 첫 번째 시합은 '복귀전'이라고 해요.

1 빈칸에 공통으로 들어갈 낱말을 보기에서 찾아 써 보세요.

부상으로 쉬던 축구 선수의 ☐ 소식이 있다면서요?

네! 마이콜 선수가 오늘 ☐ 전을 가졌습니다.

4주 4일
학습 끝!

붙임 딱지 붙여요.

보기   복귀   복구

☐ ☐

운동을 다시 시작하는 첫 시합!

2 ㉮와 ㉯에 들어갈 낱말을 바르게 짝지은 것을 골라 보세요. (   )

· 포항 지진 피해 ㉮ 를 위해 '사랑의 기부금'을 모금한대.

· 은퇴한 배우가 10년 만에 안방극장에 ㉯ 했다.

① ㉮ 복구, ㉯ 복구   ② ㉮ 복구, ㉯ 복귀

③ ㉮ 복귀, ㉯ 복구   ④ ㉮ 복귀, ㉯ 복귀

135

앞뒤에 붙는 말 알아보기

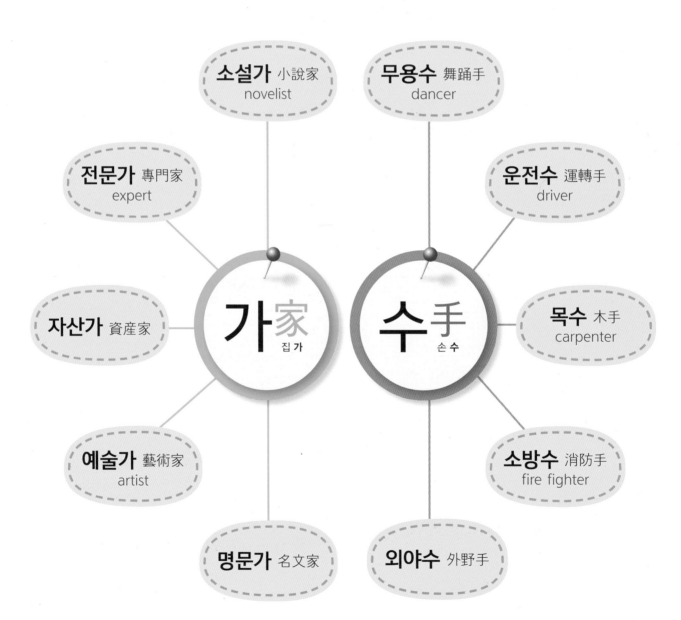

소설가 小說家
novelist

무용수 舞踊手
dancer

전문가 專門家
expert

운전수 運轉手
driver

가 家
집 가

수 手
손 수

자산가 資産家

목수 木手
carpenter

예술가 藝術家
artist

소방수 消防手
fire fighter

명문가 名文家

외야수 外野手

1 집집마다 문패의 마지막 글자가 비어 있어요. 그림을 보고 빈칸에 알맞은 글자를
써서 작업을 나타내 보세요.

소 설 □   자 산 □   예 술 □

무 용 □   운 전 □   목 □

소 방 □   전 문 □

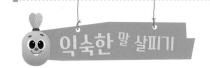

소설가
小(작을 소) 說(말씀 설) 家(집 가)

'집 가(家)'는 어떤 낱말 뒤에 붙어서 그것을 '직업', 또는 '전문적으로 하는 사람'을 나타내기도 해요. 그래서 소설을 전문적으로 쓰는 사람을 **소설가**라고 해요.

전문가
專(오로지 전) 門(문 문) 家(집 가)

전문가는 어떤 분야에 지식과 경험이 많은 사람인데, 많이 배운 사람뿐만 아니라 무언가를 잘 다루는 사람도 전문가예요.

> 난 수다 떨기 전문가!
> 난 짝사랑 전문가!

자산가
資(재물 자) 産(낳을 산) 家(집 가)

자산가는 재산을 많이 가진 사람, 즉 '부자'라는 뜻이에요. 이와 같은 뜻으로 쓰이는 낱말에는 '재력가(재물 재 財, 힘 력/역 力, 집 가 家)'가 있어요.

예술가
藝(재주 예) 術(재주 술) 家(집 가)

원래 예술은 재주와 기술을 뜻했지만, 지금은 문학, 음악, 미술 분야를 아울러요. 그러므로 **예술가**는 예술 활동, 즉 예술 작품을 창작하거나 표현하는 것을 직업으로 하는 사람이랍니다.

명문가
名(이름 명) 文(글월 문) 家(집 가)

명문가는 글이나 문장(글월 문, 文)이 뛰어난 사람을 일컫는 낱말이에요. 소리는 같지만 '문 문(門)' 자가 들어간 '명문가'는 사회적으로 신분이나 지위가 높고 덕망을 갖춘 집단을 뜻하지요.

무용수
舞(춤출 무) 踊(뛸 용) 手(손 수)

'손 수(手)' 자는 어떤 낱말 뒤에 붙어서 직업을 뜻하는 말을 만드는 접미사예요. 그래서 춤을 추는 일을 전문으로 하는 사람은 **무용수**라고 해요.

운전수
運(움직일 운) 轉(구를 전) 手(손 수)

운전수는 직업으로 자동차를 운전하는 사람이에요. 요즘에는 '선비 사(士)' 자를 써서 '운전사'라는 말도 사용해요. '사' 자가 직업으로 쓰인 낱말에는 변호사, 세무사 등이 있어요.

목수
木(나무 목) 手(손 수)

나무를 깎아 피노키오를 만든 제페토 할아버지의 직업은 목수예요. **목수**는 나무로 가구 같은 물건을 만들거나 집을 짓는 일을 해요. 비슷한말로 '목공(나무 목 木, 장인 공 工)'이 있어요.

소방수
消(사라질 소) 防(막을 방) 手(손 수)

소방수는 불을 끄는 일을 하는 사람이에요. 공무원이기 때문에 '벼슬 관(官)' 자를 써서 '소방관'이라고도 해요. '벼슬 관(官)' 자를 써서 직업을 뜻하는 낱말에는 '경찰관'이 있어요.

외야수
外(바깥 외) 野(들 야) 手(손 수)

야구에서 본루와 1루, 2루, 3루를 연결한 선 안쪽은 '내야', 밖은 '외야'로, 외야를 지키는 선수는 **외야수**예요. 그리고 공격하는 선수는 '공격수', 수비하는 선수는 '수비수'예요.

> 수비수
> 공격수

시대에 따른 직업의 종류

직업(벼슬/직분 직 職, 업 업 業)이란 살아가는 데 필요한 돈을 벌기 위해 하는 일을 뜻해요. 사람들이 직업을 가지는 이유는 돈을 벌기 위해서예요. 그런데 사회가 발전하면서 직업은 사라지기도 하고 예전에 없었던 직업이 새로 생기기도 해요. 시대에 따라 변하는 다양한 직업을 알아볼까요?

내리실 분 안계신가요?

버스 안내원

옛날의 직업
전국 각지를 돌아다니며 장사를 하던 보부상과 전화 교환원, 버스 안내원 등의 직업이 지금은 사라지고 없는 옛날의 직업이에요.

로봇 공학자

오늘날의 직업
오늘날에는 비행기 조종사와 컴퓨터 프로그래머, 로봇 공학자 같은 직업들이 생겨났어요.

우주 관리사

미래의 직업
미래에는 과학과 우주 항공 분야가 발전하면서 우주 관련 직업이 많아질 거예요. 또 고령화로 노인의 건강과 복지에 대한 직업과 인간의 행복한 삶이나 건강과 관련 있는 다양한 직업들이 생길 거예요.

바치란 '어떤 물건을 만드는 직업을 가진 사람'을 가리키는 '장인(장인 장 匠, 사람 인 人)'과 같은 뜻을 가진 고유어예요. 가죽신을 만드는 사람을 '갖바치'라고 하고, 활을 만드는 사람을 '활바치', 독(항아리)을 만드는 사람을 '독바치', 성냥을 만드는 사람을 '성냥바치'라고 해요.

1 문장을 읽고, 빈칸에 들어갈 직업을 보기에서 찾아 써 보세요.

소설을 쓰는 직업은 [   ]라고 하고, 예술 작품을 창작하는 사람은

[   ], 불을 끄는 직업을 가진 사람을 [   ], 춤을 추는 직업을

가진 사람을 [   ]라고 해요.

보기   무용수   소방수   예술가   소설가

2 〈흥부전〉을 읽고, 빈칸에 어울리지 않는 낱말을 찾아 ○ 하세요.

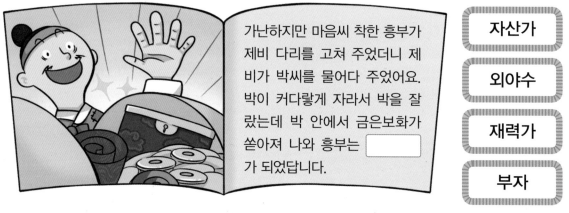

가난하지만 마음씨 착한 흥부가 제비 다리를 고쳐 주었더니 제비가 박씨를 물어다 주었어요. 박이 커다랗게 자라서 박을 잘랐는데 박 안에서 금은보화가 쏟아져 나와 흥부는 [   ]가 되었답니다.

자산가

외야수

재력가

부자

3 다음 빈칸에 공통으로 들어갈 낱말을 골라 색칠해 보세요.

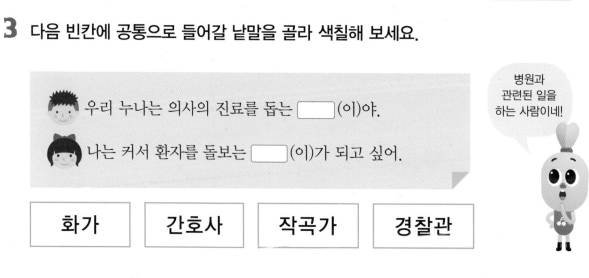

우리 누나는 의사의 진료를 돕는 [   ](이)야.

나는 커서 환자를 돌보는 [   ](이)가 되고 싶어.

병원과 관련된 일을 하는 사람이네!

화가   간호사   작곡가   경찰관

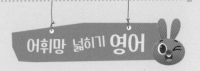

어떤 낱말 뒤에 붙어서 그 낱말과 관련된 사람을 나타내는 접미사들이 있어요.
그 중에서 -er과 -or, -ist를 알아볼까요?

sing → sing**er**

'노래하다'라는 뜻을 가진 sing에 -er을 붙이면 '가수'라는 뜻의 singer가 되고, '가르치다'라는 뜻의 teach에 -er을 붙이면 '선생님'이라는 뜻의 teacher가 되고, '여행하다'라는 travel에 -er을 붙이면 '여행자'라는 뜻의 traveler가 돼요.

invent → invent**or**

'발명하다'라는 뜻의 invent에 -or을 붙이면 '발명가'라는 뜻을 가진 inventor가 되고, '방문하다'라는 뜻의 visit에 -or이 붙으면 '방문자'라는 뜻의 visitor가 되겠죠? 또 '글을 수정하다'라는 뜻의 edit에 -or을 붙이면 '편집자'라는 뜻의 editor가 돼요.

guitar → guitar**ist**

'기타'라는 낱말인 guitar에 -ist가 붙으면 guitarist가 되고, '소설'이라는 뜻을 가진 novel에 -ist가 붙으면 '소설가'라는 뜻을 가진 novelist가, '예술'이라는 뜻의 art에 -ist가 붙으면 '예술가'라는 뜻의 artist가 된답니다.

4주 5일
학습 끝!

붙임 딱지 붙여요.

QR 찍고 발음 듣기

흔적이 남지 않는 '감쪽같다'

오, 우리 아들이 웬일이지?

엄마 없는 사이에 거실 청소를 했네?

번쩍 번쩍

헤헤, 뭘 이 정도로 놀라세요.

깔끔 깔끔

그런데 정말 감쪽같이 치웠네?

네?

감쪽같다고요?

감나무 가지를 다른 나무에 붙이는 접붙이기를 하고 한 해만 지나면 그 흔적이 거의 남지 않아.

그래서 어떤 일의 흔적이 남지 않을 때 감접을 붙인 것 같다고 하지.

접붙이기

감쪽같다: 꾸미거나 고친 것이 전혀 티가 나지 않는다는 뜻이에요.

'감접같다'가 '감쩝같다', '감쩍같다'로
됐다가 '감쪽같다'가 된 거야.

아~네

아무튼, 그래서 흔적을 알아차리지
못할 만큼 말짱할 때 감쪽같다고 해.

그렇군요

그런데 갑자기
그 말은 왜……?

후후, 네가 깨진 꽃병을
감쪽같이 붙여 놔서.

쨔잔

뒷면……

사실 그건 제가 깬 게
아니에요.

울먹

울먹

억울

알아. 우리 댕댕이가 깨서
엄마가 새 꽃병을 사 왔거든.

헙

나야

전 그것도 모르고,
제가 깼다고
생각하실까 봐.

저런, 많이
놀랐구나.

엉

엉

미안해

1주 13쪽 먼저 확인해 보기

①가	격		②도			③고
치			매		③유	가
		②영	양	가		
						⑤원
		④물	④과	⑤대	평	가
⑥정	가			가		

1주 16쪽 속뜻 짐작 능력 테스트

1.
① 아이스크림이 잘 팔리니까 (물가 / **가격**)을/를 올려야겠어!
② 그 장소는 문화재로 지정될 (**가치** / 평가)가 충분히 있어요.
③ 국제 (**유가** / 도매가)가 올라서 국내 휘발유 가격도 곧 오를 거래.
④ 행사 기간이라서 (**정가** / 대가)보다 싸게 살 수 있었어.

2.
한꺼번에 여러 개의 물건을 묶어서 팔 때의 가격이야. → 도매가
음식물에 들어 있는 영양의 값어치를 말해. → 영양가
어떤 물건을 만들어 팔기 위해 들어가는 모든 돈을 뜻해. → 원가

3. ①
가장 낮은(가장 최 最, 낮을 저 低) 가격(값 가, 價)을 '최저가'라고 해요.

1주 19쪽 먼저 확인해 보기

1.
① 역사적 사실을 바탕으로 만든 연극을 [사][극] (이)라고 해요.
② 오늘은 우리나라 8.15 광복 이후의 [현][대][사] 에 대해 배워 봅시다.
③ [삼][국][사][기] 은/는 고려 시대 때 김부식이 쓴 역사책이에요.
④ 우리는 과거의 사건을 기록한 [역][사] 에서 교훈을 얻어야 해요.
⑤ 세계의 역사를 [세][계][사] (이)라고 해.
⑥ 때로는 역사를 정확하게 적은 [정][사] 보다 야사가 더 중요할 수 있어요.

2.

1주 22쪽 속뜻 짐작 능력 테스트

1.
① (**암행어사** / 사학자)는 조선 시대에 왕의 명령을 받아 벼슬아치의 잘못을 벌주고 백성들의 억울한 일을 해결해 주었어요.
② (정치 / **야사**)는 밖에서 떠도는 이야기를 통해 그 시대의 생활상을 적은 역사예요.
③ (통사 / **사극**)은/는 역사에 실제로 있었던 사람과 사실을 바탕으로 만든 연극이나 연극 대본을 뜻해요.

2. ②
고조선 이후 삼국 시대와 남북국 시대까지를 고대, 8.15 광복 이후를 현대로 구분해요.

3. ③
①은 죽을 사(死), ②와 ④는 생각 사(思)를 써요.

③ '행주산성'은 임진왜란 때 권율 장군이 왜군과 싸워 크게 이긴 행주 대첩을 기리기 위해 사적지로 정해졌어요.

1주 25쪽 먼저 확인해 보기

1.

1	2	3	4	5	6
총선	대선	선수	낙선	예선	선택
7	8	9	10	11	12
당선	직접선거	결선	선호	선출	입선

1주 28쪽 속뜻 짐작 능력 테스트

1.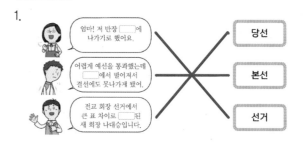

2. ②
②번의 '선정'은 백성을 바르고 어질게 다스리는 착한 정치(착할 선 善, 정치 정 政)를 뜻해요.

3. ③
지역 일꾼을 뽑는 선거를 '지방 선거'라고 해요.

144

1주 31쪽 먼저 확인해 보기

1.
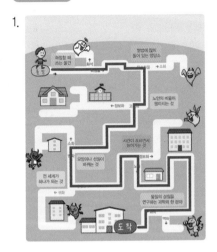

1주 34쪽 속뜻 짐작 능력 테스트

1. ① 음식을 너무 많이 먹었더니 (**소화** / 귀화)가 안 되네.
   ② 피부의 (기화 / **노화**)를 막으려면 뿌리채소를 많이 드세요.
   ③ 1980년 5월 18일 광주에서 (**민주화** / 변화) 운동이 일어났다.
   ④ 김치와 불고기 같은 전통 음식은 우리의 (정보화 / **문화**)야.

2. 노화   귀화   **화석**

3. ②
'문화재'는 문화(글월 문 文, 될/변화할 화 化) 활동에 의해 창조된 가치가 뛰어난 사물(재물 재, 財)이에요.

1주 37쪽 먼저 확인해 보기

1.

1주 40쪽 속뜻 짐작 능력 테스트

1.
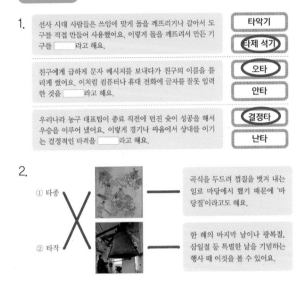

선사 시대 사람들은 쓰임에 맞게 돌을 깨뜨리거나 갈아서 도구를 직접 만들어 사용했어요. 이렇게 돌을 깨뜨려서 만든 기구를 □□□라고 해요. → 타제 석기

친구에게 급하게 문자 메시지를 보내다가 친구의 이름을 틀리게 썼어요. 이처럼 컴퓨터나 휴대 전화에 글자를 잘못 입력한 것을 □□라고 해요. → 오타

우리나라 농구 대표팀이 종료 직전에 던진 슛이 성공을 해서 우승을 이루어 냈어요. 이렇게 경기나 싸움에서 상대를 이기는 결정적인 타격을 □□□라고 해요. → 결정타

2.
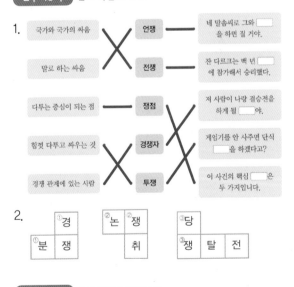

3. ①
'일망타진(한 일 一, 그물 망 網, 칠 타 打, 다할 진 盡)'은 한 번 그물을 쳐서 고기를 다 잡는 것처럼 어떤 무리를 한꺼번에 모조리 잡는 것을 뜻해요.

2주 45쪽 먼저 확인해 보기

1. 국가와 국가의 싸움 — 전쟁
   말로 하는 싸움 — 언쟁
   다투는 중심이 되는 점 — 쟁점
   힘껏 다투고 싸우는 것 — 투쟁
   경쟁 관계에 있는 사람 — 경쟁자

   네 말솜씨로 그와 □□을 하면 질 거야. → 언쟁
   잔 다르크는 백 년 □□에 참가해서 승리했다. → 전쟁
   저 사람이 나랑 결승전을 하게 될 □□□야. → 경쟁자
   게임기를 안 사주면 단식 □□을 하겠다고? → 투쟁
   이 사건의 핵심 □□은 두 가지입니다. → 쟁점

2.
	①경		②논	②쟁		③당
①분	쟁			취		③쟁	탈	전

2주 48쪽 속뜻 짐작 능력 테스트

1. ① 안중근은 우리나라의 독립을 위해 (**투쟁** / 경쟁)한 애국자예요.
   ② 로봇 장난감을 서로 가지려고 형제 사이에 (**쟁탈전** / 쟁점)이 시작됐어.
   ③ 1950년 6월 25일, 북한이 남한을 침략해서 (논쟁 / **전쟁**)이 벌어졌어요.
   ④ 말싸움은 그만하자. 우리끼리 (당쟁 / **언쟁**)을 해도 소용없는 일이야.
   ⑤ 단식 투쟁을 해서 용돈 인상을 (**쟁취** / 분쟁)했대.

2. 항 쟁

'의(義)로운 병사'인 '의병'들은 나라가 위험할 때 스스로 나라를 지키는 병사가 되어 항쟁했어요.

3. ①

'정쟁(정사 정 政, 다툴 쟁 爭)'은 정치인들이 싸우는 정치적인 싸움이에요.

2주 51쪽 먼저 확인해 보기

1.

나라를 다스리는 일	정 치
덕으로 다스리는 정치	덕 치
곱게 매만져서 보기 좋게 꾸미는 것	치 장
범죄를 없애고 사회의 안전과 질서를 유지하는 것	치 안
국가의 행정 기관이 직접 맡아 하는 행정	관 치
나라의 지역을 도맡아 다스리는 것	통 치
병이나 상처를 잘 낫게 하는 것	치 료
어떤 사람의 병을 맡아서 치료하는 의사	주 치 의

2주 54쪽 속뜻 짐작 능력 테스트

1.
① 경찰은 범죄는 없애고 질서를 유지하는 (**치안** 치료)을/를 책임지고 있어.
② 이 책은 일본의 지배를 받던 (**일제 치하** 관치)에 관한 이야기이다.
③ 지나치게 요란한 (**치장** 치안)은 좋아 보이지 않아.
④ 효과 좋은 모기 (**퇴치** 덕치)법 좀 알려 주세요.
⑤ 우리나라는 법률에 의해 나라를 다스리는 (주치의 **법치**)국가입니다.

'법치'는 법률(법 법, 法)에 의해서 나라를 다스리는 것(다스릴 치, 治)을 말해요. '법에 따라 다스린다'는 '법치주의'는 민주주의의 가장 기본적인 원리 중 하나로, 모든 국민들이 국민의 뜻에 의해 만든 법에 따라야 한다는 정치 원리예요.

2. ②

3. 치적 치장 치안

사람들이 세종 대왕의 정치적(다스릴 치, 治)인 업적(공 적, 績)인 '치적'에 대해 이야기하고 있어요. 세종 대왕은 한글 창제 외에도 정치, 문화, 경제 등의 분야에서 수많은 치적을 이룩한 훌륭한 임금이에요.

2주 57쪽 먼저 확인해 보기

1.
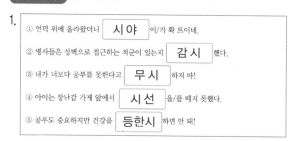

① 언덕 위에 올라왔더니 **시야** 이/가 확 트이네.
② 병사들은 성벽으로 접근하는 적군이 있는지 **감시** 했다.
③ 내가 너보다 공부를 못한다고 **무시** 하지 마!
④ 아이는 장난감 가게 앞에서 **시선** 을/를 떼지 못했다.
⑤ 공부도 중요하지만 건강을 **등한시** 하면 안 돼!

2.

2주 60쪽 속뜻 짐작 능력 테스트

1.

| 어떤 상황이 규칙에 맞게 잘 지켜지는지 주의 깊게 살피는 것이에요. | 가치를 알아주지 않고 깔본다는 뜻으로 '경시'와 비슷해요. | 눈이 가는 방향, 즉 '관심'을 비유적으로 표현한 낱말이에요. | 소홀하게 여긴다는 뜻이에요. |
| 감시 | 무시 | 시선 | 등한시 |

2. ④

'시점(볼 시 視, 점 점 點)'은 소설에서 이야기를 바라보며 풀어 나가는 위치를 뜻해요. ②번과 ③번은 '때 시(時)' 자가 쓰인 '시점', ①번은 '처음 시(始)' 자가 쓰인 '시점'이에요.

3. ②

무지개는 사람의 눈으로 볼 수 있는(옳을 가 可, 볼 시 視) 빛(빛 광 光, 줄 선 線)의 영역인 '가시광선'이에요.

2주 63쪽 먼저 확인해 보기

1.

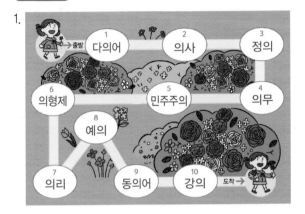

2주 66쪽 속뜻 짐작 능력 테스트

1.
① 옷어른께 인사를 잘하면 **예의** / 주의 가 바르다고 칭찬하서.

② 그는 나쁜 사람을 용시하지 않는 강의 / **정의** 로운 사람이야!

③ 우리 형과 너희 형이 의사 / **의형제** 를 맺었대.

④ 우리는 환경을 보호할 의리 / **의무** 가 있어.

⑤ '인간'의 **동의어** / 다의어 는 '사람'이에요.

② 나쁜 사람을 용서하지 않는 사람이라면 바르고 옳은 사람이라는 것을 짐작할 수 있어요. '정의'는 바르고(바를 정, 正) 옳다(옳을 의, 義)는 뜻이에요.

2.

'반의어(돌이킬 반 反, 옳을 의 義, 말씀 어 語)'는 어떤 낱말의 반대되는 뜻을 지닌 낱말이에요. '외면'의 반의어는 '내면', '고음'의 반의어는 '저음'이에요.

3. ③
유비, 관우, 장비가 복숭아나무 정원(복숭아 도 桃, 동산 원 園)에서 의로운 약속을 맺은(맺을 결 結, 옳을 의 義) '도원결의'는 의형제를 맺는다는 뜻으로 쓰여요.

2주 69쪽 먼저 확인해 보기

1.
① 사물을 올바르게 보고 판별하여 결정하는 **능력** 한자 힌트! 힘 력/역(力) → 판단력

② 행동이나 사물의 옳고 그름 등을 판단해서 밝히거나 **지적하는 것** 한자 힌트! 비평할 비(批) → 비판

③ 어떤 사실을 판단해서 뚜렷이 **밝히는 것** 한자 힌트! 밝을 명(明) → 판명

④ 세상 사람들의 **평가** 한자 힌트! 평론할 평(評) → 평판

⑤ 옳고 그름을 끝까지 가려서 **결정하는 것** 한자 힌트! 결단할 결(決) → 결판

⑥ 어떤 문제나 일을 살펴보고 잘잘못을 가려 결정을 내리는 일 한자 힌트! 살필 심(審) → 심판

⑦ 서로 맞서 있는 두 사람이 **의논을 해서** 옳고 그름을 가리는 일 한자 힌트! 말씀 담(談) → 담판

⑧ 잘못 보거나 **그릇되게** 판단하는 것 한자 힌트! 그릇될 오(誤) → 오판

⑨ 법정에서 판결 내리는 **일**을 하는 사람 한자 힌트! 일 사(事) → 판사

2주 72쪽 속뜻 짐작 능력 테스트

1.

'판명'은 어떤 사실을 판단해서(판단할 판, 判) 뚜렷하게 밝힌다(밝을 명, 明)는 뜻이에요.

2. 평 판
회사나 대학의 순위를 매겨 평가한 신문 기사예요. '평판(평론할 평 評, 판단할 판 判)'은 '세상 사람들의 평가'라는 뜻이에요.

3. ②
진짜인지 가짜인지 판단해서 구별하는 것은 '판별(판단할 판 判, 다를 별 別)'이라고 해요.

3주 79쪽 먼저 확인해 보기

1.

3주 82쪽 속뜻 짐작 능력 테스트

1.
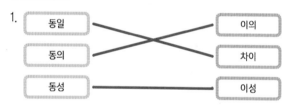

2.
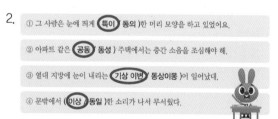

② '공동 주택'은 아파트처럼 한 건물 안에 여러 가구가 함께 사는 주택이에요.

3.

'동명이인(한가지 동 同, 이름 명 名, 다를 이/리 異, 사람 인 人)'은 이름이 같지만 서로 다른 사람을 뜻하고, '동창회(한가지 동 同, 창문 창 窓, 모일 회 會)'는 같은 학교를 졸업한 사람들의 모임을 뜻해요.

3주 85쪽 먼저 확인해 보기

1.
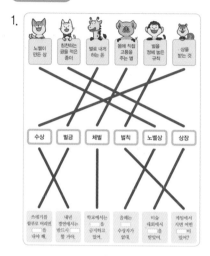

3주 88쪽 속뜻 짐작 능력 테스트

1.

2.

3. ③

학교를 다니면서 결석을 한 번도 하지 않은 학생에게는 '개근상(다 개 皆, 부지런할 근 勤, 상 줄 상 賞)'을 주고, 성적이 우수한 학생에게는 '우등상(넉넉할 우 優, 무리 등 等, 상 줄 상 賞)'을 주어요.

3주 91쪽 먼저 확인해 보기

1.

증인	광명	우정	암호	편지
증명	암적색	암송	명인	암산
설명문	명시	문화	흑암	증명사진
부호	암시	암석	문명	암석
일기	논설문	암기	명사	암초

정답은 ① 암호, ② 문명, ③ 암송, ④ 암기, ⑤ 광명, ⑥ 증명, ⑦ 암산, ⑧ 증명사진, ⑨ 암시, ⑩ 설명문 이에요. 낱말을 모두 칠하면 하트 모양이 보여요.

3주 94쪽 속뜻 짐작 능력 테스트

1.

2. 문 명

'문명(글월 문 文, 밝을 명 明)'은 학문, 예술, 도덕, 종교 등 인류의 생활이 발전한 상태를 뜻해요.

3. ①

에디슨 같은 발명가(필 발 發, 밝을 명 明, 집 가 家)는 전에 없던 물건이나 방법 등을 새로 만들어 내거나 연구하는 사람이에요.

3주 97쪽 먼저 확인해 보기

1.

시민이 직접 정치에 참여하는 것은 직접 민주주의예요. 소수의 특권층만이 나라를 지배할 수 있다는 태도는 '귀족주의'이고, 군주가 헌법에 따라 나라를 다스리는 정치 체제는 '입헌 군주제'랍니다.

3주 100쪽 속뜻 짐작 능력 테스트

1.

나라의 살림살이를 맡아보는 곳이에요.	입법부 / (행정부) / 사법부
국회 의원이 모인 기관이에요.	(입법부) / 행정부 / 사법부
헌법을 만들고, 그에 따라 나라를 다스려요.	귀족주의 / (입헌주의) / 독재주의
법에 따라 판결을 내리는 곳이에요.	입법부 / 행정부 / (사법부)

2. 독재주의

3. ①

'다수결'이란 회의에서 많은 수의 사람(많을 다 多, 셈 수 數)이 주장하는 의견에 따라 결정(결단할 결, 決)하는 것을 말해요.

3주 103쪽 먼저 확인해 보기

1.

① 법을 세우는 일, 또는 법을 만들거나 고치는 일을 말해요. 국민들이 대표로 뽑은 국회 의원이 국회에서 하는 일이에요. — 입 법

② 여러 가지 사회 문제를 해결하기 위한 법이에요. 사회의 약자를 위한 법이라고 할 수 있어요. — 사 회 법

③ 개인과 개인 사이의 사적인 관계를 다스리는 법이에요. 여기에는 민법과 상법이 있어요. — 사 법

④ 법 중에서 가장 기본이 되는 법이에요. '법 중의 법'이라서 이 법에 어긋나는 법은 만들 수 없어요. — 헌 법

⑤ 법에 따라 나라를 다스리는 것으로, 민주주의의 가장 기본적인 원리 중 하나예요. — 법 치 주 의

⑥ 재판장, 즉 재판의 우두머리예요. 변호사와 검사, 증인의 말을 듣고 판결을 내려요. — 판 사

⑦ 국회에서 만든 법으로, 헌법 바로 아래에 있는 법이에요. 여기에는 민법, 상법, 형법이 있어요. — 법 률

⑧ 법률 바로 아래에 있는 법이에요. 대통령이나 국무총리, 장관 등이 만들어요. — 명 령

3주 106쪽 속뜻 짐작 능력 테스트

1. 헌법 / 명령 / 조례 / 규칙

2.

① (사법) / 입법)은 법에 따라 판단하고 심판하는 일을 말해요.
② '공법'에는 재판의 절차를 정해 놓은 (형법 / (소송법))이 있어요.
③ '사법'에는 경제생활을 하며 지켜야 할 ((상법) / 공법)이 있어요.
④ 법은 헌법, 법률, 명령, 조례, ((규칙) / 민법)의 순서로 지위가 정해져 있어요.

149

3. ①

친구들이 말하는 권리는 우리나라 헌법에 규정되어 있는 '자유권'에 대한 내용이에요. 신체, 거주·이전, 직업 선택, 양심, 종교, 언론·출판·집회, 학문과 예술의 자유 등이 여기에 해당되지요.

4주 113쪽 먼저 확인해 보기

1.
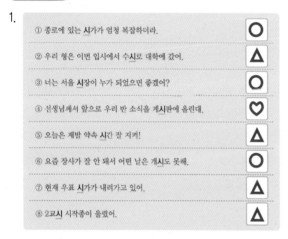

2.

위에서부터 순서대로, 펼쳐 보인다는 뜻의 '전시(展示)', 전쟁이 벌어진 때인 '전시(戰時)', 도시 전체를 뜻하는 '전시(全市)'예요.

4주 116쪽 속뜻 짐작 능력 테스트

1.

2. 시(時) (시(市)) 시(示)

'개시(開市)'는 '시장을 열다'는 뜻이에요. 가게 문을 열고 장사를 시작한다는 뜻이기도 해요.

3. ④

호이안의 구시가지에 대한 설명이에요. '구시가지'는 예로부터(옛 구, 舊) 시가(저자 시 市, 거리 가 街)를 이룬 지역(땅 지, 地)'을 뜻해요.

4주 119쪽 먼저 확인해 보기

1.

4주 122쪽 속뜻 짐작 능력 테스트

1.
① 최선의 방법이 실패하면 **차선** 의 방법을 택하자!
② 선분을 양쪽으로 끝없이 늘인 곧은 선을 **직선** 이라고 해.
③ **간선** 은 간접 선거를 줄인 말이야.
④ **휴전선** 을 중심으로 우리 민족은 분단 되었다.

2.
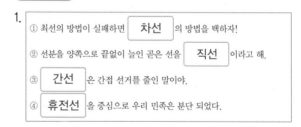

3. ②

'다다익선(많을 다 多, 많을 다 多, 더할 익 益, 착할 선 善)'은 많으면 많을수록 좋다는 뜻이에요.

1.

매매나 거래에 나타난 경제활동의 상황은 '경기(볕 경 景, 기운 기 氣)'이고, 재주를 다투는 것은 '경기(다툴 경 競, 재주 기 技)'예요.

2.
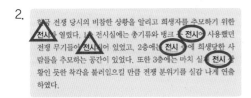

3.

4.
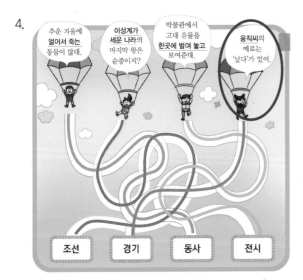

움직씨는 사람이나 사물의 움직임(움직일 동, 動)을 나타내는 말(말 사, 詞)로 동사를 뜻해요.

1.

| 가계 | ⇒ | 가게 |

물건을 파는 상점은 '가계'가 아니라 '가게'예요.

2.

1.

'계시'는 '열 계(啓)'와 '보일 시(示)'로 이루어진 낱말로, 신이 인간에게 무엇인가를 드러내 보일 때 '신의 계시를 받았다.'고 표현해요.

2.

① 잔 다르크는 신의 [계시] 를 받고 전쟁에 나가 프랑스를 구했어요.

② 오늘 블로그에 새로운 글을 [게시] 했어.

1. 복 귀

2. ②

4주 137쪽 먼저 확인해 보기

1.

소 설 가   자 산 가   예 술 가

무 용 수   운 전 수   목 수

소 방 수   전 문 가

'집 가(家)' 자와 '손 수(手)' 자는 어떤 낱말 뒤에 붙어서 '그것을 직업으로 하는 사람'이라는 뜻이 돼요.

4주 140쪽 속뜻 짐작 능력 테스트

1.

소설을 쓰는 직업은 **소설가** 라고 하고, 예술 작품을 창작하는 사람은 **예술가** , 불을 끄는 직업을 가진 사람을 **소방수** , 춤을 추는 직업을 가진 사람을 **무용수** 라고 해요.

2. 자산가   **외야수**   재력가   부자

흥부는 제비 덕분에 큰 부자가 되었어요. 재산을 많이 가진 '부자'는 다른 말로 '자산가(재물 자 資, 낳을 산 産, 집 가 家)' 또는 '재력가(재물 재 財, 힘 력/역 力, 집 가 家)'라고 해요.

3. 화가   **간호사**   작곡가   경찰관

'의사를 돕는 사람'과 '환자를 돌보는 사람'에 해당되는 직업은 병원에서 일하는 '간호사'예요.